AF439456

Isadora Ducan, 1914,

# LA MADONE
# DE
# SAINT-MARTIN

# Sommaire

# Prologue

**Au Palais : la mort des enfants de Mme Isadora Duncan.**

Le terrible accident de Neuilly qui coûta la vie aux deux jeunes enfants de Mme Isadora Duncan et à leur gouvernante, avait hier son épilogue devant la 9e chambre correctionnelle. Le chauffeur Joseph Morverand comparaissait, en effet, devant le tribunal, sous l'inculpation d'homicide par imprudence.

Les faits sont trop connus pour qu'il soit nécessaire de les rappeler longuement. Le 19 avril 1913, les deux enfants de Mme Isadora Duncan faisaient, avec leur gouvernante, une promenade sur les bords de Seine.

À un certain moment, le chauffeur Morverand arrêta sa machine et, lorsqu'il l'eut remise en marche, quelques instants après, la voiture partit seule. Il bloqua en vain le frein à main qui ne fonctionnait pas et, comme le terrain était en déclivité, l'automobile se dirigea vers le fleuve, où elle s'engouffra. Chacun se souvient de la douleur qu'éprouva la malheureuse mère et aussi de sa conduite très noble vis-à-vis du chauffeur responsable dont elle demanda la mise en liberté.

La prévention relève de la charge de Morverand deux éléments constituants le délit : 1°, il n'avait pas mis son changement de vitesse au point mort en arrêtant sa voiture ; 2°, les freins étaient en mauvais état. À cela, l'inculpé répond qu'il a bien arrêté sa machine, mais qu'un mouvement involontaire de sa part a pu placer le levier à la première vitesse. Sur le second point, il explique qu'il s'était plaint du mauvais état de ses freins au garage auquel il appartenait, mais que l'on n'avait pas pu effectuer la réparation.

M. Renault, expert, vient indiquer au tribunal qu'une part de responsabilité pouvait être mise à la charge du garage. Plusieurs chauffeurs qui, sur la même voiture, avaient constaté le même état défectueux des freins déposé ensuite.

Puis Maître Millevoye présente ensuite la défense de Morverand. Il fait ressortir les excellents renseignements fournis sur son client et sa parfaite honorabilité. « Il a été assez puni moralement par la douleur que lui a causé cet épouvantable accident, dit-il, j'espère que vous suivrez le conseil de bonté et de générosité que Mme Duncan vous a donné. »

En quelques mots, Monsieur le substitut Roux, sobrement et humainement, requiert une peine légère. Après quoi, le tribunal condamne Morverand à six mois de prison avec sursis et 200 francs d'amende, en s'inspirant, dit le jugement, de la façon admirable dont c'est comporté Mme Isadora Duncan.

À ces mots, Maître Clunet, qui avait suivi les débats au nom de Mme Isadora Duncan, remercie le tribunal que présidait Monsieur Pion. (*L'Homme libre* du 9 janvier 1914).

*L'Illustration,* 26 avril 1913. Photo par Otto.

# Chapitre 1
## Août 1914 : *Dyonision*

Après l'attentat de Sarajevo, l'empereur autrichien François-Joseph 1er se disposait à donner une leçon à la Serbie et la Russie. La France se sentit donc obligée d'apporter sa garantie à la Russie alors que l'Allemagne, de son côté, se devait de soutenir l'Autriche... C'est ainsi que l'équilibre européen avait été brisé par ses systèmes d'alliance...

**« L'ambassadeur d'Allemagne a quitté Paris hier soir :** ce départ qui, en d'autres circonstances, eut pu revêtir un certain cachet de grandeur, fut lugubre, sinistrement lugubre [...] », titre en première page *Le Petit Parisien* de ce 4 août 1914.

Isadora laisse tomber le journal avec un sentiment d'inquiétude. La crise de juillet se termine, comme elle l'avait craint, par une déclaration de guerre sur le sol européen. L'avenir est dans la tourmente. Bien sûr, ses élèves sont parties de *Dyonision*, son école de Bellevue. Mais combien la vaste et calme salle de danse est devenue triste sans les Isadorables.

Isadora essaye de calmer ses craintes avec l'idée du bébé à naître, de ses étudiantes qui reviendront un jour et de Bellevue, qui redeviendra alors à nouveau un centre de vie et de joie. Mais à cet instant, les heures traînent interminablement, plongeant son âme émue dans une amère et indicible mélancolie et, insidieusement, ressurgit de sa mémoire ces visions de ce terrible jour du 20 avril 1913.

Ce jour fatal où son cri étrange l'a sortie de sa condition de mère lorsque Lohengrin, titubant comme un homme ivre, tombant à ses genoux, murmura douloureusement :

— Les enfants ! Les enfants sont morts !

Aujourd'hui encore, ses doigts se souviennent des jeunes fronts de sa fille Deirdre et de son fils Patrick, où frisaient ses cheveux dorés, des caresses de leurs mains, de leurs regards qui lui parlaient d'amour, de ces cœurs qui battaient, de ces sourires qui promettaient des étreintes maternelles éternelles.

Comment pourrait-elle oublier la vision des corps de ses deux enfants, de cette sensation indescriptible de sentir ces petites mains froides dans les siennes, d'entendre son propre cri contenant la douleur, l'agonie, les sanglots étranglés d'une mère face à la mort et l'injustice de Dieu. Elle venait de perdre à jamais ces gages de tendresses, de ceux qui vous font ouvrir les bras, vous font chérir et embrasser ses enfants.

Du haut du grand escalier, Mary Desti, son amie, et accessoirement sa maîtresse, lorsqu'elle veut jouir sans penser à mâle, apparaît, presque nue, sous son court chiton de soie. Elle sourit tristement en apercevant Isadora face à la fenêtre de la terrasse, comme égarée dans les méandres de ses tourments.

Sans un bruit, Mary descend le grand escalier de marbre et se dirige vers Isadora. Elle se colle à son dos et soulève délicatement ses cheveux afin de lui baiser tendrement le cou. Ce doux baiser sort Isadora de son atonie. Elle tourne légèrement la tête sur son épaule et pose une tendre bise sur les lèvres de son amie.

De ses bras, Mary pose ses mains sur le ventre bas et arrondi dissimulé sous la fine tunique de lin d'Isadora et le caresse avec douceur.

— Où tes pensées se sont encore égarées, Isa ? Dans tes souvenirs, où le deuil n'existe pas ?

Isadora hausse les épaules avec un sourire où se cache l'ombre de sa tristesse.

— Allons sur la terrasse, dit-elle en se détachant doucement de Mary.

Ce belvédère donne sur ses jardins en pente qui s'étend jusqu'à la Seine et embrasse Paris. Lohengrin ne s'était pas trompé en achetant le *Grand Hôtel de Bellevue* de Meudon afin qu'elle y installe son école de danse.

— De quoi t'inquiètes-tu ? L'enfant que tu vas mettre au monde apprendra l'amour dans tes yeux, la paix dans le berceau de tes bras ! Telle Eiréné, la fille de Zeus, tu l'épargneras des ténèbres de cette guerre, tu seras l'aurore de sa vie.

Isadora écoute les paroles bienveillantes de Mary, le regard perdu sur Paris, qui s'éveille au loin et sourit, de ce sourire délicieux qui fait son charme.

— Je suis lasse de ces vains efforts pour changer le chagrin et le deuil en une vie nouvelle, répond-elle amèrement de son faible accent diablement américain. Je me demande si j'ai bien fait d'écouter Lohengrin quand il m'a suggéré d'envoyer mes élèves dans sa maison de Devonshire pour les protéger. Je les revois lorsqu'elles se pressaient, deux par deux pour me dire au revoir. Je n'avais pu m'empêcher de chercher parmi elles mes deux petits visages manquants. Comprends-moi Mary, depuis la mort de mes anges, seules mes élèves me donnaient le courage de vivre et d'enseigner la belle grâce de la danse... Maintenant qu'elles sont toutes parties, voit comme *Dyonision* est étrangement vide. Je m'alanguis de me morfondre, assise pendant de longues heures, dans ma chambre ou sur la terrasse, à pleurer Deirdre et Patrick.

— Laisse dormir le souvenir de tes enfants dans ton cœur, laisse les en paix. À cet instant, existe seulement pour la vie qui va naître, vis pour l'avenir des Isadorables. Regarde autour de toi, de cet hôtel plutôt banal, tu en as fait le Temple de la Danse de l'avenir dont l'audace aurait fait pâlir d'envie Terpsichore.

— Ne sois pas naïve, ma pauvre Mary, les événements à venir projettent leur ombre devant eux, la guerre est suspendue au-dessus de Bellevue. J'avais prévu la renaissance de l'art du théâtre, des festivals de grande joie humaine, mais d'autres forces obscures en ont décidé autrement. Elles ont prévu la guerre, la mort et le désastre. Que peut faire ma petite personne face à tout cela ?

Et que peut répondre Mary à cette question ? Elle-même ressent cette étrange oppression qui s'est abattu sur ce monde, tout comme Isadora, elle voit ces énormes nuages noirs rassemblés dans le ciel, comme une pause étrange s'accrochant sur la terre avant l'apocalypse.

— Mais au-delà de tout cela, il me semble que les mouvements du bébé que je porte soient plus faibles, pas si décidés que ceux de Dierdre et Patrick quand je les attendais... Maudite soit cette guerre...

*Isadora Duncan,* d'Arnold Genthe, 1915.

*Isadora Duncan dans son pavillon de Bellevue :*
[photographie de presse] / Agence Meurisse

# Chapitre 2
## Automne 1913 : Viareggio

Meudon est encore un village, où tous se connaissent dans cette grande familiarité qui règne entre voisins. Malheureusement, en ce 2 août 1914, l'Allemagne a lancé les hostilités, brisant cette silencieuse sérénité.

On est au plus chaud de la journée et, au n° 35 de la Grande-Rue de Meudon, toutes les fenêtres du *Dyonision* sont grandes ouvertes. Étendue sur son lit, les jambes allongées, les mains croisées sur son ventre, la tête tombée de côté, immobile, Isadora se repose dans sa chambre, donnant sur la Grande-Rue, inhabituellement animée avec les appels à la mobilisation. Le temps de l'insouciance a laissé place à l'exaltation de la guerre.

Elle somnole ou, tout au moins, affaiblit sa conscience du temps, espérant ainsi échapper à ces annonces de guerre. Elle sent le bébé bouger en son ventre. Elle soupire d'aise et se laisse emporter par les souvenirs heureux de sa singulière aventure Toscane, avec cet Angelo Italien qui la féconda...

Quelques mois plus tôt, après le décès de ses deux anges, elle était partie se réfugier à Viareggio, pour trouver le courage de surmonter cette épreuve dans l'éclat des yeux de sa tribade, la Divina Eleonora Duse, celle qui n'aime des plaisirs de l'amour que ceux que lui donne les femmes et à qui Isadora voue une adoration passionnée et une admiration profonde. Durant les semaines qu'elle a passé à Viareggio, la Duse fut impressionnée par la force, par cette chaleur douce et du courage qui animait son amie bien-aimée :

« Elle me dit que son petit garçon et sa petite fille ont été ramenés à la maison. Les deux petites mains étaient jointes ensemble et les sourires des enfants, étrangers à la mort, étaient là, souriant à la mère…

Elle, cette mère magnifique, en a parlé pendant des heures et sa douleur était calme, douce et composée.

Pour avoir été avec ces deux enfants, au-delà de la vie, de les avoir vus main dans la main, souriants et morts ! et être encore capable de les voir vivre à nouveau !... Quel courage, quelle force, quelle folie, quelle noblesse, quelle détresse, quelle erreur, cette magnifique douceur de cœur !...

Rien de ce qui est irréparable est entendu par cette magnifique et dangereuse créature ! Sa générosité est tout à fait aussi grande que les erreurs de son imagination.

Cet irréparable qui exalte néanmoins le ton de la vie, elle ne veut même pas le voir et elle veut se jeter de nouveau dans la vie, la vie des saignements du cœur. Et de la voir à nouveau...

Quoi ? : le sourire de l'enfant mort dans un autre sourire d'un autre enfant qui sera le sien ! ... Soyez désolé, mon ami, pour ma petitesse, je ne comprends rien de cette volonté, de cette folie, de cette sagesse suprême.

Isadora Duncan a de son côté la Force suprême, plus grand que la vie elle-même[1]. [...] ».

---

[1] Lettre d'Eleonora Duse à Aurélien Lugné-Poe, fondateur du théâtre de l'Œuvre, écrite à

La rencontre avec son Angelo eut lieu un après-midi gris d'automne.Elle marchait seule sur le sable quand, tout à coup, elle eut la vision de Deirdre et Patrick, main dans la main, riant devant elle, hors de sa portée. Elle les héla et courut après eux, en les appelants et, soudainement, ils disparurent dans la brume de la mer.

Une crainte épouvantable la saisit. Cette vision de ses enfants lui fit croire, quelques instants, qu'elle avait un pied sur la ligne qui mène à la folie.

Avec un étrange sentiment, elle s'imaginait finir dans un asile, avec une vie tristement monotone dans un désespoir amer, comme son amie Camille Claudel qui venait d'être internée. Cette horrible pensée la terrassa et elle s'effondrait en larmes, le visage dans le sable.

Le temps s'écoula. Elle était toujours allongée sur la plage à pleurer quand elle sentit une main compatissante lui effleurer la tête. Elle levait les yeux et vit, ce qu'elle considéra alors à l'instant, comme l'une des plus belles figures échappées de la Chapelle Sixtine.

Venant de la mer, ce messager des Dieux se tenait là, face à elle.

— Pourquoi pleurez-vous ? N'y a-t-il rien que je puisse faire pour vous aider ?

— Oui, répondit-elle. Sauve-moi, sauvez plus que ma vie, plus que ma raison !... Donnez moi un enfant[2] !

Le soir même, ils se retrouvaient ensemble dans la loggia de la villa de la Duse. Le soleil se couchait au-delà de la mer, la lune montante et la lumière étincelante du marbre de la montagne caressait les corps des amants et, quand elle sentit les bras forts de la jeunesse l'étreindre et, ses lèvres sur les siennes, son corps exulta, son âme ressuscita.

Une passion Divine s'était abattue sur elle, elle se sentait sauvée de la douleur et de la mort, ce nouvel amour charnel reçu et donné la ramenait à la lumière.

Le lendemain matin, elle racontait son étrange idylle à Eleonora. Cette dernière ne fut pas plus étonnée que ça de l'explication d'Isadora sur son aventure, après tout, le but de l'accouplement n'est-il pas d'équilibrer les énergies, d'apaiser le cœur et de renforcer la volonté ? Et malgré le fait que la Duse détestait rencontrer les gens qu'elle ne connaissait pas, elle consentit à accompagner Isadora qui insistait comme une jeune vierge amoureuse et voulait absolument lui présenter son jeune Angelo. Ce fut ainsi qu'elles partirent visiter son atelier, car, en plus d'être beau comme un Dieu et adorateur de chair féminine, il était sculpteur !

Elles décidaient de se rendre à l'atelier de l'Angelo à pied, à travers les minuscules routes qui se hissent en lacets raides, sous les oliviers. Le paysage avait un charme poignant avec ses petites fermes propres et ses étendues de grandes olivettes.

Depuis toujours, Isadora aime les ateliers d'artiste, ces antres de la création, ce lieu où l'artiste met en place sa créativité et donne forme à ses

---

Viareggio, en Italie, fin 1913.

[2]  *My life,* Isadora Duncan, traduit de l'anglais par Jean Allary, Éditions Gallimard, 1928.

idées. Ces ateliers lui apparaissent comme la métaphore d'un monde utérin, symbolique de la nature du rapport entre l'artiste et son lieu, où la vie des formes est en devenir, se préparant à naître au grand jour.

Celui d'Angelo était vaste et clair où régnait une énergie vitale, idéale à la gestation d'œuvres. Les deux femmes entraient dans un environnement encombré de matériaux bruts qui apparaissaient comme des décombres, loin des représentations des statuaires que l'on rencontre dans les ateliers de l'École des Beaux-Arts. Après une paire d'heures, elles avaient admiré tous les coins et recoins de l'atelier. Puis, le jeune homme déclara, avec un visage navré, qu'il n'y avait plus rien à explorer et invitait les deux femmes à visiter l'exploitation des marbrières de Carrare, là où Michel-Ange choisissait les blocs qu'il allait sculpter.

Elles déclinaient l'invitation et retournaient à Viareggio.

— Tu penses vraiment que c'est un génie ? lui demandait la Duse, sur le chemin du retour.

— Sans aucun doute, lui répondait Isadora. Il est jeune, il est la réincarnation de Michel-Ange et c'est celui qui est venu de la mer pour me réconforter et me sauver.

Mais Isadora avait oublié que la jeunesse est merveilleusement volatile et que son nouvel amour capitulerait devant sa fatigante et horrible douleur constante. Un matin, elle reçut une lettre d'adieu de son bel amant Italien, dont elle taira son nom, même dans ses Mémoires. Il expliquait dans cette lettre qu'étant issu d'une famille catholique italienne stricte, celle-ci s'était engagé à le marier avec une jeune fille qui appartient, elle aussi, à une famille italienne stricte.

— Vois-tu, Eleonora, je ne suis pas du tout en colère contre lui. Comment en vouloir à celui qui a sauvé ma raison et qui m'a fait comprendre que je ne suis plus seule.

Quand elle sut qu'elle était enceinte, elle entra dans une phase de mysticisme intense où elle se persuada que les esprits de ses enfants planaient et allaient revenir sur terre pour la consoler à travers le bébé à venir.

*Eleonora Duse à viareggio,* 1913 – Crédit DR

# Chapitre 3
## Le 3 août 1914 : « Courage, madame ! Courage ! »

La matinée est chaude en ce 3 août. Les fenêtres sont ouvertes et n'apportent que peu de fraîcheur. D'habitude, l'annonce d'une naissance suscite l'émotion du voisinage, c'est un événement qui ne concerne pas que la maison toute entière, elle concerne aussi la rue, où les nouvelles vont vite. Mais ce jour-là, les cris, les souffrances et l'agonie d'Isadora sont couverts par le roulement des tambours et la voix du crieur qui appelle à la mobilisation, faisant résonner le mot guerre dans la ville, étouffant les échos de l'enfantement.

L'enfant à naître semble faire des difficultés à venir dans ce monde et, comble d'inquiétude pour Isadora, c'est un vieux médecin de famille de Meudon qui a pris la place de son ami praticien Émile Bosson, parti la veille rejoindre son régiment.

Pour finir de la tracasser, ce satané médecin ne connaît pas la scopolamine, ce nouvel anesthésique venu d'Allemagne, qui entraîne un léger sommeil et une amnésie de la douleur sans bloquer le travail. Non, à son grand désespoir, ce fichu médecin est de ceux qui ont la certitude que la souffrance est inévitable et que la femme attendant la naissance doit s'attendre au martyre. De ce fait, ce médecin n'utilise que cette maudite et seule formule magique, dont il ressasse les oreilles de sa patiente, et probablement apprise dans une Faculté de Médecine du tréfonds de la civilisation :

— Courage, madame ! Courage !

Isadora est soudainement secouée d'une colère d'indignation, retrouvant son langage fleuri des bas-fonds de San-Francisco.

— *Asshat*[3] ! Pourquoi dire courage à une pauvre créature déchirée par d'horribles douleurs ? Ne serait-il pas beaucoup plus simple et honnête de me dire « n'oublier pas que vous êtes une femme, vous devriez entendre la douleur noblement », et tout ce genre de fadaise, ou mieux encore ! Si vous êtes assez humain, donnez-moi un peu de champagne, à défaut de scopolamine !...

Soudain, elle « prend les douleurs » et pousse des gémissements, le médecin voit l'avancement régulier de la dilatation du col et insiste :

— Madame Duncan, cette souffrance sera vite oubliée. Vous devez seulement fermer les yeux... Courage !

— Parlez-moi de l'Inquisition espagnole *old turd*[4] ! S'emporte-t-elle de nouveau entre deux halètements, les torture devaient être bien douce en comparaison ! Il est criminel d'obliger une femme à supporter une telle torture monstrueuse. C'est impardonnable, pire, un manque d'intelligence que de croire que les femmes doivent endurer ce massacre !

---

[3]    asshat : tête de noeud.

[4]    old turd : vieil étron.

Puis, serrant encore plus fort la main réconfortante de son amie :

— Mary ! Je serais coincé sous un train, que je souffrirais moins !

Mais l'éternelle, la sublime comédie entre la femme qui accouche et le médecin infaillible, de ceux qui sont convaincus que quand les hommes accoucheront, les femmes penseront, reste dans son système d'idées, celui de la Genèse, de cette parole de Dieu, absurde et rancunière, que seuls les hommes ignorants comprennent : j'augmenterai la souffrance de tes grossesses, tu enfanteras avec douleur...

— Courage, Madame ! Courage ! insiste péniblement le médecin.

La sage-femme, madame Berthe Darlot, n'est pas de reste.

— Madame, c'est la guerre ! C'est la guerre ! répète-t-elle sans cesse, comme pour relativiser les douleurs de sa patiente.

— *What crap*[5] ! Même si c'est un garçon, il n'ira pas faire votre satanée guerre ! s'emporte Isadora, les lèvres railleuses.

Le sommet de l'attente est atteint, c'est le moment où l'enfant apparaît, le moment où, sorti d'entre les cuisses de sa mère, l'enfant se sépare d'elle. Aux cris de sa mère qui étaient ceux de l'attente, de la douleur et de la peur, succède le cri de présence du bébé. L'enfant crie, pleure, vit, éloignant les peurs d'Isadora. Le deuil, le chagrin et les larmes, la longue attente et la douleur, sont tous compensées par ce grand moment de joie qui atteint son apogée lorsque la sage-femme place ce beau garçon nu sur son sein.

Elle admire son bébé, formé comme un Cupidon, aux yeux bleus, chaud et replet comme un nouveau-né, bien vivant et, miracle des miracles, sa petite bouche cherche son sein et l'enfant mord à son mamelon d'où le lait jaillit.

— Vois-tu Mary, dit-elle avec une tendresse émerveillée, quelle mère n'a jamais exprimé cette étrange sensation quand la bouche de l'enfant mord à son mamelon ? Cette bouche cruelle qui mordille, comme la bouche d'un amant et la bouche de notre amant, à son tour, nous rappelle le bébé. Regarde-le ! Il n'est que bonheur, plaisir, amour, extase, fantaisie...

L'enfant s'endort sur son sein, malgré les tambours continuant à crier : « Mobilisation ! Guerre ! Guerre ! ».

Mary voit l'inquiétude dans le regard de son amie.

— Pourquoi te soucier ? Ton bébé est là, en toute sécurité dans tes bras. Maintenant, laissez-les faire leur guerre ! Qu'en as-tu à faire ?

— C'est vrai, Mary, mais ma joie est égoïste... Entends-tu à l'extérieur ? Il y a un mouvement de va-et-vient et des voix, des pleurs de femmes, des appels, des discussions sur la mobilisation, mais moi, à cet instant, je tiens mon enfant et j'ose, face à cette catastrophe générale, me sentir glorieusement heureuse, avec la joie transcendantale de tenir mon propre enfant dans mes bras.

Puis, elle dit son souhait de se reposer. Son amie Mary sort et revient, accompagnée d'Augustin, le frère aîné d'Isadora. Elle apporte un berceau tout tendu de mousseline blanche dans la chambre. Isadora garde les

---

[5]    what crap ! : quelle foutaise !

yeux sur le berceau, convaincue que Deirdre ou Patrick viendraient de nouveau à elle.

— Je me réjouis de la venue du bébé. Maintenant, tu vas être à nouveau heureuse ! lui dit Augustin. On ne cesse de t'apporter des messages de félicitations et j'occupe depuis sa venue le poste de standardiste, rit Augustin.

Puis, voyant la fatigue sur le visage de son amie, Mary prend Augustin par le bras.

— Si tu allais télégraphier la bonne nouvelle à votre mère et à votre sœur Élisabeth à New-York ? suggère-t-elle.

Après avoir rassuré son amie sur la présence de la sage-femme dans la pièce à côté, ils sortent. Isadora se trouve enfin seule avec le bébé.

— Qui es-tu, cher enfant, Deirdre ou Patrick ? Vous êtes revenus à moi ? murmure-t-elle en regardant amoroso l'enfant.

Tout à coup, la petite créature la regarde, puis halète, comme si elle étouffait, puis un long soupir, un sifflement sort de ses lèvres glacées. Isadora geint de terreur, alarmant madame Darlot qui arrive rapidement. Cette dernière regarde la scène d'un air fort calme et arrache le bébé des bras de sa mère.

Une courte éternité s'écoule et, de l'autre pièce, Isadora entend l'animation fébrile et silencieuse. Elle entend la sage-femme demander de l'eau oxygénée chaude pour tenter de réanimer l'enfant. Après une heure d'attente, alors que son cœur est crispé par l'angoisse, Augustin entre dans la chambre.

Pétrifié par la douleur, il murmure :

— Ma pauvre Isadora... Ton bébé est mort.

Il est 17 heures 30.

Mary entre à son tour et emmène le berceau vide loin dans la pièce d'à côté. En voyant le berceau disparaître, Isadora semble foudroyée par toute la souffrance de la terre. La mort de son nouveau-né est une nouvelle agonie, Deirdre et Patrick sont morts une seconde fois en emportant leur petit frère.

Le lendemain, Augustin tente de convaincre sa soeur de nommer l'enfant avant qu'il n'aille déclarer son décès à la mairie. Isadora s'y refuse.

— Le fait de lui donner un prénom témoignerait de son appartenance à notre famille, à notre histoire, si brève soit-elle, argumente avec tact Augustin.

— Non ! crie Isadora. Le nommer, ce serait reconnaître son existence. Deirdre et Patrick ont été, lui n'est rien !

Le 4 août, omettant de dire que l'enfant a vécu quelques heures, Augustin et Berthe Darlot déclarent à l'état-civil de Meudon qu'Isadora Duncan a mis au monde un enfant mort-né. Le souhait d'Isadora est respecté.

Son cœur se déchire lorsqu'elle entend les coups de marteau fermant le petit cercueil, devenu le berceau de son pauvre bébé. Ces coups de marteau rythment sur son cœur les dernières notes de désespoir.

Elle reste là, prostrée, déchirée et impuissante, devenant une source de larmes, mêlée de lait et de sang qui coulent en elle.

*Isadora Duncan et ses frères Raymond et Auguste en Grèce,* 1903.
Crédit DR

# Chapitre 4
## Du 3 au 8 août 1914 : le calvaire de Martyrs.

Depuis que l'Allemagne a lancé les hostilités, plus de 3 500 jeunes Meudonnais ont endossé l'uniforme pour partir vers l'inconnu. En ville, les réformés se constituent en corps de garde pour assurer la protection des sites sensibles tels que la gare, l'Observatoire ou encore l'Usine Letord, qui produit des dirigeables et des avions depuis 1908.

La population Meudonnaise apporte aussi son concours en offrant spontanément, argent, hôtels privés, maisons de campagne, tandis que les communautés religieuses mettent à disposition leurs établissements charitables…

Bientôt, les premiers convois du front amènent les blessés au sein de l'orphelinat Saint-Philippe, où plus de 460 lits sont réquisitionnés. Par solidarité, de nombreuses femmes s'engagent comme infirmières...

Alors que la fraternité se met en place à Meudon, Isadora est dans la plus atroce sensation de douleur de la disparition irréparable de son enfant.

C'est une douleur violente qui étreint son coeur, la plonge dans un abattement désespéré, un désespoir caché, qui la consume comme une blessure brûlante.

— Une mère qui vient de perdre son bébé quelques heures après la naissance est une mère qui n'est rien, rien qu'un paquet de souffrance ! Ne cesse-t-elle de se lamenter.

Les Algées, ces esprits de la douleur et de la souffrance, parviennent, peu à peu, à épuiser son corps et sa volonté. Quelques fois, une idée, jaillie de nulle part, tente de s'imposer, terrassant toute possibilité de réflexion rationnelle : elle veut en finir, mourir. Elle désespère de vivre, elle souhaite arrêter de souffrir.

Son affliction a atteint un tel stade que la mort lui apparaît parfois comme le seul moyen de trouver une issue à cette sidération qui s'éternise toujours un peu plus. Pour autant, l'idée de mourir ne lui apparaît pas comme attrayante, elle la terrifie tout autant que de continuer à vivre sa vie. Elle se sent prise au piège d'un incendie qui la consume implacablement.

Mary s'inquiète à chaque heure qui passe. Chaque minute meurtrit un peu plus son amie qui semble être coincée dans un puits sans fond, touchant inexorablement les abysses les plus ténébreux.

Elle adresse alors la plus belle attention que l'on puisse apporter à une amie, la tendresse. Elle laisse son coeur agir et se laisse bercer par la richesse infinie dont elle déborde. Mais rien n'y fait. Au moindre frôlement anodin, au plus petit baiser d'affection, le corps d'Isadora se contracte, comme si elle sentait une brûlure et n'avait qu'une envie, s'enfuir…

Un soir, alors qu'Isadora semble apaisée de ses démons, Mary veut l'embrasser, de l'étreindre, convaincue que le corps et l'âme de son amie ressusciterons sous les caresses. Mais, à peine que ses douces mains la touche, Isadora se met à pleurer. Dépitée, Mary lui demande pourquoi. Elle se met à rire nerveusement.

— Ma pauvre Mary, pardonne-moi, lui dit simplement Isadora avec des sanglots dans la voix. Je voudrais lutter, retrouver le plaisir. Mais je suis la tombe vivante de mes enfants, mon corps me trahit, malgré le fait que là, à cet instant, j'ai le désir de ton tendre réconfort, malheureusement, je ne désire plus personne. Je désire seulement rester seule.

— J'ai l'impression que tu m'en veux de m'inquiéter autant pour toi. Regarde-toi Isadora ! Tu sembles ni pouvoir, ni même vouloir vivre. Ta douleur s'amplifie, tu te laisses mourir, tu n'arrives même plus à te concentrer sur ton art, à bouger, à échanger, à aimer, à avoir hâte. Où est ta dévotion irréfléchie pour la vie ?

Isadora ne dit rien et pleure silencieusement.


Sa voisine, Mademoiselle Janssen, en plus d'être la soeur de Pierre Janssen, le célèbre astronome créateur de l'Observatoire de Meudon, est Présidente du Comité des Dames de Sèvres, Meudon, Bellevue et Saint-Cloud. Elle vient voir Isadora alors qu'elle est encore alitée, alanguissante.

— Quelle que soit votre douleur personnelle, Chère Amie, la guerre renvoie déjà en arrière du front des centaines de blessés et de mourants. On manque de lit et je ne vous cache pas que, dans votre école, on pourrait organiser un hôpital auxiliaire. Je vais être directe tant la situation de la France est urgente : vous devez mettre votre demeure à la disposition de la Croix-Rouge !

Isadora réfléchit un instant. Hormis Mary et Augustin, qui se prépare à partir pour New-York, elle est toute seule et la vie à Bellevue lui devient pesante, tout comme les gens lui sont devenus lointains et irréels.

— Certes, dit-elle après un silence pesant. À l'heure actuelle, alors que chacun ressent le même enthousiasme pour cette guerre, il me semble que je suis plutôt inutile. J'entends ces messages de défi qui mène les enfants à des kilomètres de leur foyer et rempli les cimetières, mais je ne puis dire si c'est bien ou mal. Cet endroit est un temple d'art, de création... Je voudrais l'épargner, c'est tout ce qu'il me reste, avec mon art...

— Mais qu'est-ce que l'art ? Des garçons donnent leur vie, les soldats donnent leur vie, qu'est-que l'art face à cela ?

— L'art est plus grand que la vie ! hurle Isadora. Puis, d'un geste ardent et théâtral, prenez ! dit-elle au bord des larmes, prenez cette maison qui a été faite pour l'art et faites en un hôpital pour soigner les blessés de la folie humaine, un mouroir à la gloire d'Arès !


Dès le lendemain, il règne une grande effervescence à Bellevue depuis que la Croix-Rouge et les militaires ont envahi les lieux à l'aube. En moins de vingt-quatre heures, les locaux sont prêts à accueillir des soldats blessés, ainsi que le médecin-chef, qui entre en fonction le jour même.

Encore faible, Isadora exprime le désir de constater de visu les transformations de son *Dyonision* en hôpital. Le médecin-chef, grand admirateur de cette danseuse de légende, accepte de lui servir de guide.

Deux brancardiers, suivis de Mary, la portent sur une civière de pièce en pièce. Dans chaque chambre, elle pleure silencieusement la disparition de ses bas-reliefs de bacchantes et de danse de Faunes, de Nymphes, de Satyres, ainsi que de toutes les tentures et rideaux.

Son cœur se déchire quand elle voit que, dans sa merveilleuse salle de danse, où les rideaux bleus ont disparu, il y a d'interminables rangées de lits. Dans la bibliothèque, emplie d'armoires vitrées pleines de livres, les quelques fauteuils et tables, ont fait place à une salle d'opération qui attend ses suppliciés. La pièce réservée aux tableaux de son ami Eugène Carrière, l'un des dieux vivants d'Isadora, est vide. Les toiles de ce maître sévère sont stockées au grenier, comme de vulgaires bibelots, avec ses malles emplies de vêtements.

— Mary, dit-elle tristement, je pense à ces pauvres soldats blessés vont échouer dans un lieu qui a perdu son âme. Je sens que Dionysos a été complètement vaincu, c'est le règne du Christ après la crucifixion. Les pauvres diables ! Lors de leur première prise de conscience, combien il aurait été plus gai pour eux de voir les chambres comme elles étaient avant. Pourquoi leur impose-t-on ce pauvre et triste Christ étendu sur une croix de pacotille ? Quel triste spectacle pour eux !...

Le 8 août 1914, Bellevue devient officiellement l'hôpital militaire auxiliaire n° 207 et Isadora entends les premiers pas lourds des brancardiers qui apportent les premiers blessés.

Bellevue ! Son Acropole, qui devait être une source d'inspiration, une Académie pour la vie supérieure inspirée par la philosophie, la poésie et la grande musique, a été transformé en un calvaire de Martyrs, en un charnier de blessures sanglantes et de mort. Là où on pensait musique céleste, il n'y a que des cris rauques de douleur.

Isadora se décide à ne pas rester à Bellevue qui va devenir le royaume d'Hadès et de partir à Deauville, qui est à moins de deux cents kilomètres. De là, quand elle s'en sentira la force, elle rejoindra les Isadorables à Devonshire.

Le lendemain matin, munie d'un sauf-conduit délivré par le commandant de l'hôpital, Isadora et Mary quittent Meudon pour la mer.

Elles traversent la zone de guerre et Isadora, renfermée dans son morne silence, esquisse un sourire empreint d'une grande fierté lorsqu'une sentinelle d'un poste de contrôle routier, et d'une plus grande courtoisie, dit aux gardes, sans avoir pris la peine de jeter un œil sur le laissez-passer :

— C'est la Duncan, laissez la passer !

— Vois-tu Mary, C'est le plus grand honneur que je n'ai jamais reçu[6].

C'est la seule phrase qu'elle dira jusqu'à Bernay. Mary enclenche une vitesse et la voiture repart sur les routes normandes. Isadora retombe alors dans

---

<sup>6</sup> *Ma vie*, opus cités.

son apathie, malgré les paysages verdoyants qui défilent.

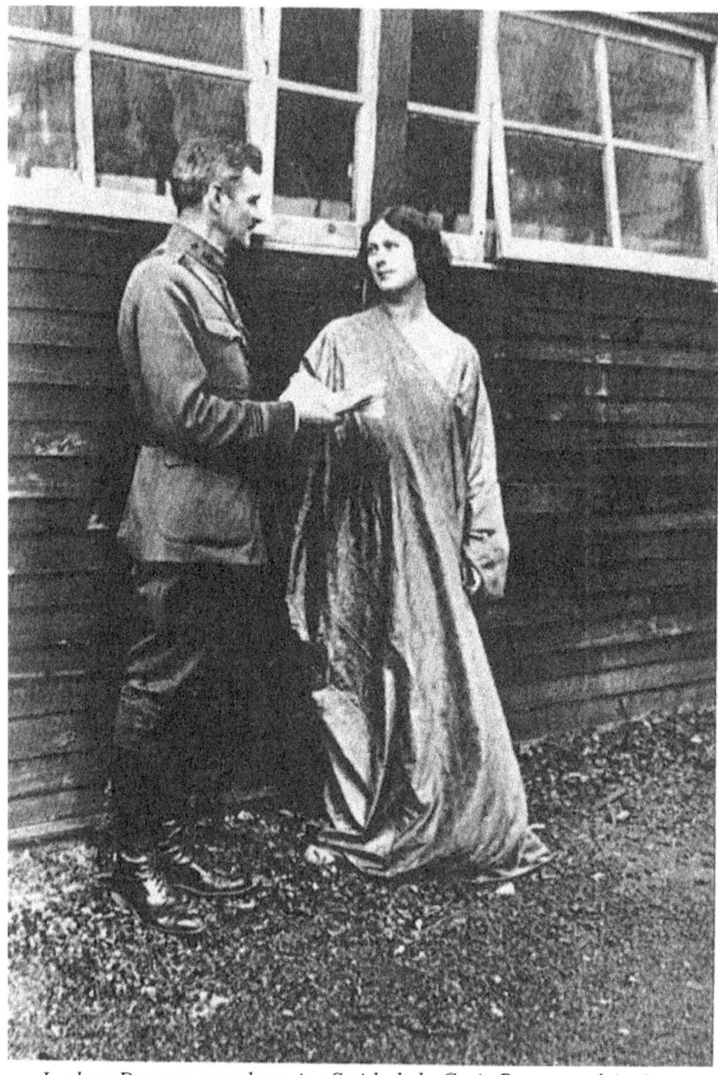

*Isadora Duncan avec le major Smith de la Croix Rouge américaine :*
[photographie de presse], Agence Meurisse

# Chapitre 5
## Été 1914 : Deauville.

Le petit village de pêcheurs « Dosville » est bien loin, depuis que le duc de Morny a fait jaillir des foules bruissantes dans ce petit village qui s'essoufflait.

Depuis la déclaration de la guerre, la vie mondaine parisienne est descendue de Paris vers Nice, mais Deauville et l'hôtel le *Normandy*, inauguré le 11 juillet 1912, accueillent ses irréductibles, tout ce « merveilleux fouilli-fouilla », cher à Tristan Bernard.

Deauville est donc littéralement envahi par les riches habitants de Paris à la recherche d'un coin tranquille, à l'abri des envahisseurs. Puis, ce furent des milliers de Belges et habitants du Nord de la France, fuyant l'invasion, qui arriva.

Dès le début de la mobilisation, la municipalité de Deauville s'était constitué une réserve de farine, riz, légumes secs, etc., pour servir aux moments opportuns. Dans toutes ces circonstances, la population de Deauville, à part quelques égoïstes, a fait preuve de solidarité, hébergeant des soldats ou des réfugiés, en envoyant des dons en nature, des vêtements, de l'argent.

Cette avalanche de bouches posa rapidement un problème à la municipalité, car la subsistance des soldats, mal assurée au début, avait englouti cette réserve si péniblement formée. Ce sont donc les habitants qui ont nourri, en partie, les soldats le temps qu'un nouveau stock soit reconstitué, avec l'aide de l'État, éloignant ainsi les craintes de pénuries.

Réquisitionnés entre août et septembre, le *Royal Hôtel*, le casino, l'Orphelinat Saint-Joseph, le Jeu de Paume[7] ou encore la salle des fêtes de Deauville sont transformés en hôpitaux ou en maisons de repos. Très vite, infirmières et médecins investissent les lieux avec leur matériel médical. Même si ces hôpitaux deviennent des lieux d'enfer, où l'on voit les rangées infinies de lits, nul n'ignore qu'ils sont très performants. Ils ne sont pas que des lieux de convalescence, mais aussi des lieux où l'on distribue des soins de première qualité, où l'on utilise la chirurgie.

Drôle de contraste que ces poilus qui sortaient des champs de bataille et qui se retrouvaient dans le luxe du casino, du Royal Hôtel ou encore sur la magnifique plage parmi la société artistique du tout Paris. Là, ils pouvaient y croiser Madame de Chevigné, arrière-petite-fille du marquis de Sade, Yolande de Noailles, qui symbolise Sapho en France, la duchesse d'Uzès, la première femme à avoir passé le permis de conduire, la duchesse d'Uzès, Antoinette Schneider ou encore Henriette de Harcourt.

Ces femmes du monde voyageaient, achetaient des objets de luxe,

---

[7]   *Le Jeu de Paume,* devenu *le Cercle,* était l'annexe estivale du Jockey Club de Paris.

recevaient et se fréquentaient dans leurs villas, et quelques-unes avaient même offert de leur temps pour être infirmières bénévoles. « C'étaient très bien toutes ces dames déguisées en d'infirmières... Jusqu'à la fin de l'été... Et à la fin de l'été tout le monde est parti[8]. »

Après un contrôle militaire à Bernay, Isadora prend le volant de sa Renault Torpédo de 40 chevaux et elle roule à vive allure, renouant ainsi avec son habitude d'avaler des kilomètres pour se « vider la tête » quand elle est sous l'emprise d'angoisses indescriptibles et oppressantes. Mary la regarde du coin de l'œil, inquiète. Il ne brille plus dans ses yeux cette flamme de vie, de son génie en perpétuelle effervescence. Isadora est dans une sorte de transe de douleur et n'a que deux obsessions : être seule dans une chambre de l'hôtel et faire de longues promenades solitaires sur la plage.

Elles arrivent enfin devant le *Normandy* et sa façade en colombages verts et de damiers de pierres, chapeautée de sa toiture si particulière. Isadora aime son ambiance de cottage anglo-normand, avec ses pignons normands et ses draps en lin, ses pommiers et ses vaches normandes en son jardin, où se côtoient savoir-vivre, courtoisie, élégance et où « tout le monde va »...

Le temps que le jeune voiturier prenne en charge la malle fixée à l'arrière de l'automobile et se charge du stationnement de la voiture, les deux amies entrent lentement dans le hall, de style Louis XVI, et se laissent envahir par son atmosphère délicieusement cosy. Elles aperçoivent alors François André, le directeur de l'hôtel, qui est en grande discussion avec le concierge.

François André aime « son monde », dont Isadora fait partie, cette clientèle très à l'aise dans le monde de la noce : femmes célèbres, femmes du monde sortant beaucoup, jeunes gens à la mode, gros banquiers, riches étrangères, artistes célèbres...

— Cher François, je suis très fatigué et je compte employer ce séjour à une bonne cure d'air et de repos, dit-elle au directeur qui lui baise la main.

— Il est vrai que je peine à vous reconnaître. L'air de la mer vous fera le plus grand bien, ma chère Isadora, lui répond-il, en ayant le tact de ne pas lui dire qu'il connaît les raisons de son fort abattement.

Il faut dire qu'au *Normandy,* les ragots et les nouvelles circulent aussi vite que les bagages de sa clientèle hédoniste.

Alors que Mary discute encore avec le directeur, un bagagiste, petit maigre à l'œil vif, dirige Isadora à sa chambre.

— Votre suite est à côté de celle de la comtesse de La Béraudière, informe le jeune homme en ouvrant la porte et en s'effaçant pour la laisser passer.

Elle pénètre dans sa suite et jette un regard tout autour du salon, puis se dirige vers la petite terrasse donnant sur la mer lumineuse, où quelques voiles blanches papillonnent. Elle est satisfaite, elle sera au calme, le mot

---

[8]    *Enfances*, Françoise Dolto, édition du Seuil, 1986, pp 29.

26

guerre et le nom de Deauville sont si dissemblables.

— J'ai le désir de faire de ma chambre une cellule monastique. Informez la réception que je ne veux recevoir aucune visite. Ce soir, je prendrai mon repas dans ma chambre.

— J'en informerai le room-service, madame.

— Il me faudrait du champagne, ainsi qu'un autre oreiller, pourriez-vous m'envoyer une femme de chambre pour ranger mes effets ?

— Bien entendue madame Duncan. Quelle marque le champagne ?

— Deux bouteilles de Moët et Chandon, je ne bois que du Moët et Chandon !

Il lui sourit et elle lui donne un large pourboire. Le jeune homme s'éclipse en un torrent de remerciement. Isadora est toujours attentive avec le personnel, surtout quand se ne sont encore que des enfants, elle sait d'où elle vient.


À peine dix minutes se sont passées lorsqu'on frappe à la porte.

— C'est le service d'étage, madame.

— Entrez.

La porte s'ouvre sur une grande silhouette élancée, un peu voûté, aux cheveux gris et aux bras encombrés d'un gros oreiller en duvet d'oie et de canard.

Isadora regarde la femme s'affairer de façon languissante en retapant le lit et remarque que ses beaux yeux rayonne d'une préoccupation intense, comme seules les mères ou les épouses peuvent en avoir. Instinctivement, elle soupçonne qu'un grand drame l'attriste elle aussi. Peut-être pour la première fois, depuis longtemps, elle semble prendre conscience que souffrir fait comprendre la souffrance.

— Pardonnez-moi, vous me semblez soucieuse, je sens une crainte flottant en votre âme. Puis-je simplement vous poser une question, franchement ?

La femme de chambre se relève, étonnée de la question. Elle lui jette un sourire aussi las que son regard en guise d'acquiescement.

— Votre mari est au front ?

Non, je suis malheureusement veuve d'un marin depuis trois ans, finit-elle par répondre, mais, mes deux fils, Lucien et Roger, y sont partis... Tout ce dont on me raconte de la vie au front me terrifie et frappe mon cœur.

Une mère n'est pas préparée pour de telles épreuves, répond Isadora avec un sourire de compassion sincère. La longue attente et la douleur sont des épreuves d'amour inhumaines. Je crois que, même si l'on donne l'impression de continuer à vivre, il y a des chagrins insurmontables.

— Je n'ignore pas le drame qui vous a frappé, madame, et vous êtes bien la seule à comprendre les angoisses d'une mère. Puis, après avoir ouvert les portes de l'armoire pour y ranger les vêtements d'Isadora et un long silence, elle reprend d'un ton las.

— Puis-je être franche avec vous madame ?

— Bien sûr, lui répond-elle, sachant qu'à cause de sa rareté, la franchise est devenue une vertu.

— Vous savez, ces Parisiens distingués qui se trouvent au *Normandy* se moquent bien de la guerre et de nos enfants. Ils ne lisent que très rarement les journaux, trop préoccupés par l'ouverture des courses et des fêtes projetées. Deauville est asservie par le calendrier des courses, par la mode et les fêtes. Le plus grand malheur de l'été, aux yeux de ces messieurs, fut l'annulation du Grand Prix de Deauville le 1er août.

— Mais ces personnes ne peuvent être tout à fait désintéressées à ces jeunes gens, de ces pères, mobilisés et pliant sous le poids du fusil dans de batailles féroces où leur héroïsme anonyme se déroule dans des attaques muettes, périlleuses et sans le retentissement de la gloire. Ils ne peuvent être tout à fait désintéressés à ces concerts de hurlements et les remous de ces batailles sans fin où l'on ramasse des morts et des blessés, jour et nuit.

— Vous savez madame, la déclaration de guerre passée, la vie a vite repris ses droits au *Normandy*.

— Je vois... Pardonnez-moi, pardonnez-leur, murmure Isadora qui, soudainement, se reconnaît dans le portrait qu'a fait la femme de chambre de son monde. Elle lui tend un billet de 100 francs, comme un acte de résipiscence inconsciente.

— C'est trop madame...

— Votre franc-parler vous honore et vous pourrez ainsi améliorer les colis pour vos fils. La femme de chambre empoche le billet et s'éloigne vers la porte.

À cet instant, sensible à la détresse de cette mère qui craint de perdre ses enfants, Isadora sollicite l'attention de cette femme accablée par la fatalité.

— Pardon ? Si cela ne vous dérange pas, j'aimerais vous attacher à mon service personnel durant mon séjour.

La femme s'arrête et se retourne, surprise.

— Mais la direction ne va pas...

— Ne vous inquiétez pas pour cela, madame… ?

— Marcelle, madame...

— Bien, ne vous inquiétez pas Marcelle, je vous apprécie et je me charge de prévenir et de convaincre le directeur.

Marcelle remercie Isadora de sa gentillesse et, avant de sortir de la chambre et, comme si elle voulait mériter ses 100 francs :

— Ah ! Madame ! On m'a informé que vous désiriez le calme. Il est de mon devoir de vous dire, votre chambre donnant sur la plage, certains matins sont d'une gaieté bruyante et, à l'aube, la plage devient Tangoville[9]...

Ne sachant que dire, Isadora lance un regard interrogateur à Marcelle.

— Oui, Madame, reprends Marcelle, Deauville est également le lieu de repos des troupes anglaises et écossaises et tôt le matin, ils dansent le tango...

Isadora lève les yeux au ciel.

---

[9] ce nom de Tangoville est le titre d'un album du dessinateur Sem en août 1913. Tangoville resta le surnom de la station durant toute la période où le tango fut à la mode.

— Cette fichue tangomanie ne les a donc pas quittés depuis l'an dernier ! Maudit tango ! ronchonne-t-elle.

Alors que Marcelle sort de la pièce, un employé du service d'étage apporte enfin le champagne.

Marcelle avait dit juste : le lendemain matin, elle fut réveillée dès cinq heures par cette musique horripilante joué par les soldats écossais de la *British Expeditionary Force*. Isadora se lève et voit de sa fenêtre, à cette heure matinale, tout le camp britannique, qui vit sur la colline, descendre en costume d'Highlander et faire comme exercice matinal, au lieu de boire comme tout bon Écossais devrait le faire, danser entre eux sur le sable.

« [...] Et ils dansent quoi ? écrit-elle le soir même à Lohengrin, *horror ingens* ![10], ils dansent le tango, le subversif tango joué par le bagpiper de la compagnie. Ah ! Sur cette plage normande, dans le petit matin, cet air argentin beuglé par un instrument d'Écosse, devant cinquante couples masculins en peignoirs, ou une serviette jetée sur les épaules. Un pas en avant, deux pas en arrière... C'est le tango, tango de guerre, tango triste, malgré les jeunes figures rieuses de toutes leurs longues dents britanniques ![11] [...] »

Crédit DR

---

[10]   horror ingens ! : comble de l'horreur !

[11]   *L'époque Tango tome 2, le Bonnet Rose, La vie mondaine pendant la guerre*, Georges-Michel Michel, 1920.

Crédit DR

# Chapitre 6
## Septembre 1914 : João

Isadora passe les deux premiers jours dans sa suite, se réconfortant au champagne, se persuadant qu'elle allait bien, mais la nuit dans cette chambre solitaire, avec les échos de tous ses vides, elle passe ses nuits à attendre le matin.

Au bout du troisième jour, Mary tente de la débarrasser de son isolement intérieur. Quand elle entre dans la chambre de son amie, Isadora semble avoir dix ans de plus et ce n'est pas l'artiste qui lui fait face, mais une bête meurtrie au fond de son antre, isolée du monde, emportée par sa solitude, comme possédée.

Après une longue discussion, mêlant banalités, souvenirs et philosophie, Mary parvient à convaincre Isadora qu'il lui faut revenir à la vie, absolument bouger de cette tombe que devient sa chambre assombrie par les rideaux continuellement tirés.

Après un petit-déjeuner frugal, les deux amies décident, dans un premier temps, de faire les boutiques et font une longue halte dans celle de Gabriel Chanel, dite Coco Chanel depuis qu'elle a chanté dans les cafés de Vichy, en 1907, *Qui qu'a vu coco sur le Trocadéro*. Là, elles y achètent chacune un chapeau et des tenues de plein air et de bain dont elles étaient dépourvues, du fait de leur départ précipité.

Ces emplettes ont égayé quelque peu Isadora, puis par cette belle matinée veloutée, les deux femmes se dirigent sur la plage, sous ces cieux où filent les nuages sous le son de cloche et où tournoient des mouettes qui virevoltent comme des mouchoirs que l'on agite au départ des transatlantiques.

Vers 11 heures, l'heure quasi solennelle du bain pour les estivaliers, Isadora et Mary se jettent dans les grands clapotis du flot. Après quelques brasses, Isadora sort de la mer épeurée. Mary jaillit rapidement de la mer à son tour et va à la rencontre de son amie.

— Qu'est-ce qui t'arrive ? interroge-t-elle.

— Je l'ignore, lui réponds Isadora désemparée. Je nageais dans la mer et soudain, je m'imaginai avoir nagé si loin que je me suis sentie incapable de revenir, prête à lâcher prise et à laisser les vagues m'engloutir. Alors, brusquement, animé par les forces de la vie, tout mon corps m'a hurlé de retourner à terre...

Sans un mot, elles vont s'installer dans les chaises transat en bois, canné en rotin, les mêmes que l'on trouve sur les paquebots transatlantiques. Là, face à la mer à mi-jusant, s'étend l'immense plage sous des cieux changeants où filent les nuages et tournoient des goélands criards. Insensiblement, le spectacle d'un va-et-vient d'ombrelles multicolores, de voiles bigarrés, de tailleurs, de jupes blanches, assoupit Isadora.

Ensommeillée sur sa chaise longue, bercée par le ressac des vagues et embrumée par son mal de vivre, des chuchotis de mots lui font ouvrir les yeux. Son regard s'abandonne sur l'immense infini pour se poser sur deux étranges jeunes trentenaires qui bourdonnent en portugais, en tournant et retournant autour des deux femmes comme des chats timides devant des souris effrontées. Enfin, l'un d'eux se décide.

— Pardon *senhora*... Êtes-vous la grande Isadora Duncan ?

— Oui ! répond-elle sans aucune modestie et en plaçant sa main en visière devant les yeux pour mieux voir son interlocuteur.

Bêtement heureux de la réponse, celui-ci lâche un petit rire d'enfant dans lequel on devine de la gentillesse et de la gaîté. Les mèches noires de ses cheveux roulent sur son front jusqu'à la limite de ses yeux sombres, sa tête, juchée au-dessus d'un col et d'une cravate, évoquent toute l'antiquité.

— *Me perdoe[12]*, je suis João Turin et voici mon ami Zaco Paraná, s'empresse de se présenter le plus jeune des deux, un grand maigre sec à la chevelure hirsute et frisé.

— Vous êtes Portugais ? demande Isadora qui, outre parler et lire le français et l'allemand couramment, comprend le portugais.

— *Não! J*e suis du Brésil, de Curitiba, et mon ami est d'origine polonaise, mais habite au Brésil. Nous sommes d'anciens élèves de l'Académie royale des Beaux-arts de Bruxelles. Nous nous sommes installés à Paris après avoir visité l'Italie, l'Espagne, le Portugal et les Pays-Bas, d'où nous sommes revenus hâtivement à la déclaration de guerre.

— Vous logez au *Normandy* ?

— *Meu Deus ![13]* rit-il. Non, monsieur Santos-Dumont[14], notre compatriote, nous fait l'honneur de nous héberger dans sa résidence de Bénerville. Vous ne vous souvenez peut-être pas de moi, reprend-il rapidement afin de ne pas perdre l'attention de son interlocutrice. Je vous ai rencontré dans l'atelier de monsieur Rodin, il y a deux ans... Il vous a présenté à nous, soulignant alors, avec raison, que vous étiez une sculpture vivante…

Afin de dissuader les jeunes hommes de toute adulation dans l'espoir d'un rituel d'accouplement, Mary ajoute dans un sourire et sur le ton de la confidence.

— Des souvenirs avec le grand Rodin, c'est sûr qu'elle en a des myriades ! Son plus grand est celui d'avoir raté, par une incompréhension puérile, l'occasion d'offrir son pucelage au grand dieu Pan lui-même ! Se refuser au puissant Rodin ! soupire-t-elle ironiquement, l'Art et la Vie en eussent certainement été enrichis...

Isadora a un sourire en voyant les deux jeunes gens rougir par excès de pudeur.

— Tels sont les plaisirs des femmes qui veulent rester libres...

Puis, ses yeux toujours rivés dans les yeux de João qui se liquéfie comme du beurre qu'on approche du feu, elle ajoute :

---

[12]   me perdoe : pardonne-moi.
[13]   meu Deus ! : mon Dieu.
[14]   Alberto Santos-Dumont (1873 – 1932), pionnier brésilien de l'aviation.

— Mais, mon jeune ami, et sans vouloir vous offenser, je n'ai pas le souvenir de vous avoir croisé... J'ai tellement fait de belles rencontres, toujours inattendues, toujours inespérées, chez le Maître !

João reste muet, gêné et, afin de se donner une contenance, se décide à sortir son carnet d'esquisses de son ample poche de veston.

— Dieu vous a envoyé à moi ! Parvient-il à articuler. J'ai la chance unique et inespérée d'avoir pour modèle la grande Isadora Duncan ! Puis-je me permettre de noircir mon carnet de vos traits ? Depuis que je vous ai aperçu sur cette plage, j'ai été frappé par une inspiration divine ! dit João sur le ton d'une supplique.

— Je ne danse ou ne bouge à cet instant ! Cela ne va pas être l'idéal pour saisir les mouvements suprêmes de ma danse, se moque Isadora.

— Ne vous inquiétez pas, madame Duncan. Vous êtes belle comme la *Madona*, et c'est l'image tragique de la *Mater dolorosa* que je veux saisir en vous.

— En mère des douleurs ? La souffrance s'est gravée en moi à ce point  ? souffle tristement Isadora, désabusée de savoir son visage être le miroir de son âme.

Puis, sans plus se soucier des jeunes hommes, elle clôt les yeux et s'enfonce confortablement dans son transat alors que João entame une première ébauche.

— Et vous cher Zaco, parlez donc un peu de vous ! dit Mary qui n'est pas insensible à son charme.

Zaco s'assoit sur le sable au côté de Mary et entame une conversation qui, au fil des minutes, devient banale, accrochée à tous les lieux communs et anodins, plongeant une nouvelle fois Isadora dans une demi-somnolence. Peu à peu, la conversation s'éteint faute de causeurs.

Le silence de la houle sort Isadora de son assoupissement. Elle tourne légèrement la tête et aperçoit João dessinant toujours fébrilement sur son carnet qu'il a pratiquement rempli. Avisant qu'elle est éveillée, il lui colle sa dernière esquisse sous le nez.

João l'a croqué assise, un peu alanguie et infiniment douce. Elle se voit représentée avec ses cheveux courts et sombres, encadrant son fin visage comme un voile religieux. Elle se voit souriante, d'un sourire triste, où il a laissé vivre sur ses lèvres toutes les douleurs.

— *Por Deus, você é a reencarnação da Virgem da Dor !*[15] s'exalte João en baisant la main d'Isadora.

Une gêne évidente se lit sur le visage de João quand il voit le regard d'Isadora s'assombrir un peu plus.

— Ne vous excusez pas, mon jeune ami, le rassure-t-elle. Vos traits ont une puissance spontanée, une force instinctive qui devine tout et qui possède un goût et un don d'admiration inépuisable de son sujet. L'art n'est pas un mensonge et le vôtre est d'une franche réalité, vous me donnez la sensation

---

[15]    Par Dieu, vous êtes la réincarnation de la Vierge de la Douleur !

du génie en devenir. Seul un grand artiste pouvait saisir les luttes qui assombrissent mon âme. Puis, après un long moment de silence où João reste muet de tant de compliments.

— Je pense que je vais rentrer, j'ai besoin de repos, dit-elle en se levant.

Alors, le petit groupe la suit et, tout en papotant, se dirige vers le *Normandy*.

— Nous feriez-vous l'honneur de partager notre table ce soir, à Bénerville ? demande Zaco aux deux femmes. Ce sera *à la bonne franquette*, comme disent les Français.

Mary accepte, ravie de passer la soirée avec le sang jeune et neuf des deux jeunes artistes... Les nuits en célibataire sont longues à Deauville...

— Je suis désolé, mais je suis lasse, dit Isadora en s'engouffrant dans le hall afin de rejoindre sa suite, puis, se retournant brusquement, elle rajoute malicieusement. Mais, méfiez-vous de Mary, mes jeunes amis, c'est une enjôleuse redoutable et insatiable !

Isadora espère ce soir-là, malgré sa migraine, passer une bonne nuit. Malheureusement, sa voisine, la comtesse de La Béraudière, maîtresse du tyrannique comte Henry Greffulhe, a comme invité le poète Robert de Montesquiou et elle entend, à travers le mur, sa voix légère de fausset réciter ses poèmes. Puis, elle a reconnu la voix de Sacha Guitry conter probablement une de ses irrésistibles histoires et anecdotes avec son inimitable diction modelée par la Comédie-Française.

Les voix se font peu à peu litanies et, vers minuit, elle trouve enfin le sommeil.

Au matin, Isadora descend pour petit-déjeuner sur la terrasse extérieur de l'hôtel lorsqu'elle aperçoit Montesquiou. Elle hèle l'élégant et l'invite à sa table, certaine que ce dandy égayera le début de cette journée, ce dernier étant capable de raconter et commenter sans fin les derniers potins et échos mondains.

Ça tombe bien pour Montesquiou qui s'ennuie et qui a, lui aussi, besoin d'une présence amicale. Il s'approche d'elle. Elle l'observe venir au-devant d'elle. Elle connaît bien cet esthète raffiné, d'une prose alambiquée et pourvu d'un esprit subtil.

— Vous avez l'air absolument sérieuse, Isadora ! On ne vous a pas vu hier soir, malgré l'invitation de la comtesse. La mélancolie vous fait-il fuir les intrigues et le monde ? l'interroge le poète.

— Mes étourdissements et ma légère migraine me font fuir les importuns ennuyeux et très énervants.

— Je suis ravi de ne pas être un de ces ardélions à vos yeux ! lui répond-il malicieusement.

Un jeune garçon de salle, au service irréprochable, apporte l'*english breakfast*.

— Y a-t-il longtemps que vous êtes parmi nous à Deauville ? s'enquiert-elle lorsque le serveur s'éloigne.

— Depuis le début de la guerre. J'ai fui Paris avec quelques amis, Réjane, madame Strauss, Élisabeth de Clermont-Tonnerre, Lucie, Proust, bref, tout mon gotha personnel ! dit-il narquois.

— Et comment va notre ami Proust ? Toujours cloîtré au *Grand-Hôtel* ?

— Depuis que son frère Robert s'est embarqué à la gare de l'Est pour Verdun, il se reproche de ne plus être astreint au service de l'armée active. Alors, comme pour se faire pardonner, il fait des visites aux blessés, les comblant de cadeaux, cartes à jouer, chocolats... Mais il parle de quitter Cabourg. Il est à peu près ruiné.

— Je ne vous ai pas aperçu à l'hôtel ces derniers jours.

— Je suis le plus souvent à Honfleur, chez Lucie, qui est bien inquiète depuis que son époux a été mobilisé comme médecin.

Isadora sourit à l'évocation de son amie Delarue-Mardrus. Cette douce Lucie, cette jeune fille sage, charmante « Princesse Amande », cette merveilleuse amante délicate, au corps entièrement épilé, qu'elle a tenue dans ses bras bien avant son époux, ce « musulman de naissance et Parisien par accident », comme il aime lui-même à se présenter !

— Depuis votre dernière rencontre, ses cheveux ont repoussé ! ironise Montesquiou en voyant le sourire, qu'il devine égrillard, d'Isadora.

Isadora éclate de rire. Le souvenir de sa mauvaise blague à l'encontre de Lucie, chez Natalie Barney, lors d'un de ses célèbres « vendredis », que certains n'hésitent pas à qualifier d'orgies, lui revient en mémoire. Le visage d'Isadora s'illumine malicieusement.

— Ma dernière vision de Lucie est son front bas, désolée, sinistre, tenant dans un papier, sans un mot, ses cheveux que je lui avais coupés de force à la suite de cette soirée où l'on avait festoyé plus que de raison... Que devient-elle ?

— Je ne la vois qu'entre deux portes depuis qu'elle est infirmière de la Croix-Rouge à l'hôpital militaire d'Honfleur.

Ils allaient continuer à converser lorsque João fit son apparition, avec un cadre clinquant sous le bras.

— Pour vous remercier, dit João en tendant fièrement son présent. Je me suis permis d'encadrer un des portraits que j'ai esquissés hier.

Isadora se lève, le remercie en le prenant dans ses bras et en l'embrassant.

— On dirait la madone de l'icône *La Tsarine de l'Univers* du couvent Vatopedi à l'Athos ! complimente Montesquiou qui s'est emparé du portrait au fusain.

De ce jour, João vint chaque jour rendre visite à Isadora qui aime la cadence de sa voix qui est d'une douceur exquise, aux intonations caressantes, si typique de la langue brésilienne. Chaque après-midi, il se présentait timidement à la porte de la suite, avec son inséparable carnet. Elle n'était pas dupe de l'enthousiasme de João pour elle, ce n'était ni le premier, ni probablement le dernier à vouloir la faire chalouper dans ses bras.

— Il a la beauté idéale qu'un amant doit avoir... Mais depuis que je me ressasse mes souvenirs de Viareggio, la notion même de jouissance me fait peur, je me souviens de cette sensation, mais j'ai peur de l'éprouver, je suis devenue Thanatos pour ceux que j'aime... Mary, je t'avoue que si les circonstances étaient autres...

Mary n'est pas dupe, Isadora cherche consciemment à fuir l'amour, elle ne veut plus écouter ses émotions.

— C'est peut-être ça qu'il te faudrait pour renaître à la vie, une virilité dans ton lit ! Tu ne pourras vivre éternellement sans rêves, sans Éros.

Mary se rend compte que l'esprit et le corps d'Isadora sont devenus deux notions clairement distinctes. Avant la mort de ses enfants et la guerre, Isadora vivait l'art pour l'art, le sexe pour le sexe et si ces notions étaient indissociables, ce n'est plus le cas. Depuis que les fruits de ses entrailles se sont précipité dans le royaume des ombres et que son temple de l'art est devenu le royaume d'Hadès, l'art et le sexe sont devenus pour elle des fantômes crépusculaires.

*Zaco Paraná  et João Turin* - 1905.
Gazeta do Povo, 2015.

# Chapitre 7
## Septembre 1914 : abandon.

Si l'amour de João pour Isadora reste dans le domaine de la relation platonique, comme un volcan sans éruptions, celui de Mary et Zaco s'est révélé, dès la première soirée à Bénerville, des plus simple, gai et luxurieux.

À 43 ans, Mary se garde bien de mettre de la passion dans l'amour avec ce jeune trentenaire bohème. Elle lui offre simplement le culte idéal de la femme, sans l'illusion des cœurs, le sexe et l'amour étant ostensiblement deux choses différentes pour elle. Cette vue d'esprit ne semble guère gêner Zaco qui, en bon mâle latino-américain, a l'habitude de poser ses lourdes mains sur le corps des femmes comme un *camponês*[16] délimite un champ, le sexe des femmes n'étant pour lui que le sillon de la terre mère qu'il faut creuser et creuser encore et encore et éjaculer avant qu'elle n'ait un orgasme, afin qu'elle ne prenne pas de mauvaises habitudes.

Isadora est enfermée dans sa désolation comme dans sa peau. Claustrée, c'est difficilement et habillé de douceur que João parvient à la sortir journellement de son antre. Mais ces escapades chastes sont vaines, elle reste silencieuse, les yeux dans le vague, accrochée à ses idées morbides.

Un soir, alors que Mary et Zaco se sont rendu à une soirée sur l'invitation de Sacha Guitry, João se met en frais et organise un petit dîner intime dans la suite d'Isadora. Il débarque dans la suite d'Isadora les bras encombrés de bouteilles de champagne et de fleurs. Le cœur battant, tout son être inondé en extase de joie, il espère naïvement se retrouver dans les bras de « sa » Madone et l'immerger dans une tempête de caresses.

Soudain, au milieu du dîner, il se met à genoux et crie :

— Oh, pourquoi ne pas vouloir m'aimer !.... Aime-moi et si tu ne m'aimes pas, je te le jure, je ne t'importunerai plus, je disparaîtrai à jamais de ta vie.

— Tu m'aimes donc ? *Dear João ! My sweet friend*, murmure-t-elle en passant ses doigts dans la chevelure bouclée de son galant adorateur. Comme j'aimerais t'aimer et me soumettre à tes ardeurs ! Mais j'ai renoncé à trouver l'amour, de plonger mon âme dans une autre. Mon cœur est anesthésié et, par la peur de souffrir, je suis épouvantée à l'idée de le réveiller.

— Désillusionné, João ne termine pas le repas et sort sans un mot.

João ne revint que trois jours plus tard, acceptant son sort d'amoureux transi et sans espoir. Pour fêter ce retour, Mary, escorté des deux jeunes Brésiliens, est parvenue à convaincre Isadora de l'accompagner à la soirée de Montesquiou où il va clamer ses nouveaux poèmes de son futur recueil *Aux Offrandes blessées : élégies guerrières*.

La soirée se passe dans une égalité d'âme extraordinaire. Les cris d'ardeur, les appels des corps de ces poèmes brûlant de tendresse et d'émotion

---

[16]  Camponês : paysan brésilien.

chantent aux oreilles d'Isadora. La soirée prend fin et João raccompagne Isadora jusqu'à sa suite.

— L'offrande épistolaire de Montesquiou pour ce soldat-poète Biguet est magnifique. Aux milieux des nouveaux constants de la guerre et du carnage qui nous parviennent, ce fut vraiment émouvant.

— Je dois avouer, même si je me suis quelque peu ennuyé du fait de mon mauvais Français, je trouve ce Montesquiou des plus passionnants. Mais quelque chose me gêne dans son attitude, bien que je n'en pense rien, tant cela ne devient pas la norme, ne serait-il pas homosexuel ?

— Il n'en fait pas mystère, s'exacerbe-t-elle, tant qu'elle trouve absurde les a priori sur ce sujet. Il l'est, tout comme ton compatriote João do Rio[17], que j'ai rencontré il y a quelques années au Portugal, s'en réclame. Crois-moi João, l'amour le plus élevé est une pure flamme spirituelle qui ne dépend pas nécessairement du sexe du bien-aimé ou de la bien-aimée... Les chansons de Sapho, la signification sensuelle de ces lectures échappe entièrement aux puritains. Ce que l'on n'a pas connu, on n'en comprendra jamais l'impression.

João ne revient que le surlendemain. Alors qu'elle petit-déjeune seule dans sa chambre, il apparaît affublé d'une excitation fébrile et le visage préoccupé.

— Isadora, c'est avec beaucoup de tristesse que je vais quitter Deauville et je viens te dire adieu.

— Cela me fait beaucoup de peine. J'espère que ton départ n'est pas dû à ma manière morose de vivre ou à ton cœur éconduit, déçu d'avoir perdu l'espoir d'un amour partagé.

— Aucunement ! Il faut que je retourne à Paris pour travailler. J'ai trouvé une commande et mon compatriote Ghelfi[18], natif de Curitiba comme moi, veut bien partager son atelier de Montparnasse pour que je reprenne mes activités de sculpteur indépendant.

— À qui est destinée cette commande ?

— À un couple d'industriels de Caen, les Lamy, qui dirigent la Société Navale Caennaise et que j'ai rencontré le jour où je t'ai vu pour la première fois sur la plage. Ils étaient à l'entraînement d'un de leur cheval dont j'essayai d'en saisir les mouvements. C'est en discutant que madame Lamy m'a fait part de son projet d'offrir une Pietà à la gloire des compatriotes de sa ville d'origine, Condé-sur-Noireau. Elle m'a aussi dit que Gabriel Girodon[19], envisagé pour l'exécution de cette Pietà, avait décliné l'offre, étant tenu par d'autres obligations. Alors, je lui ai avoué que j'étais sculpteur et elle m'a

---

[17] João do Rio (João dos Santos Coelho Barreto, dit, 1881 - 1921) a rencontré Isadora au Portugal en 1908. En 1916, quand il sut qu'Isadora était en difficulté depuis son expulsion d'Argentine, il lui facilitera sa tournée brésilienne et devint son amant.

[18] João Ghelfi (1890 – 1925), peintre brésilien, il a fait partie du premier groupe de peintres paranaens. En 1914, il se rend à Paris seul pendant six mois, étudie et suit des cours de peinture. Turin s'inspira de son style.

[19] Gabriel Girodon (1884-1941) peintre, premier grand prix de Rome de peinture en 1912, et sculpteur français.

encouragé à tenter ma chance en lui présentant un projet avant la fin de la semaine.

— Cela voudrait donc dire que notre rencontre n'était pas si fortuite ?

— Disons que Dieu y est pour beaucoup ! Alors que je réfléchissais comment je pourrais représenter la madone, je t'ai aperçu et ce fut une révélation, comme un signe du ciel ! C'est grâce à toi que l'inspiration m'est apparue et guidée ma main. Quand madame Lamy a vu les esquisses que tu m'avais inspirées, elle a absolument voulu que je rencontre Girodon qui se trouve à peindre un ex-voto dans l'église Saint-Martin de Condé-sur-Noireau. C'est pour ça que je me suis absenté trois jours. Elle m'avait convié dans cette petite ville située dans l'arrière-pays que l'on nomme ici la Suisse-Normande. Comble de chance, où encore un signe divin, Girodon se souvenait que le Salon des Artistes Français m'avait accordé, il y a deux ans, une mention honorable, pour mon œuvre *Exílio*. Il m'a donc chaudement recommandé auprès de madame Lamy et de son père, riche industriel de la ville, pour retenir mon projet qui n'existe que sur papier. Finalement, ils ont accepté et m'ont donné une confortable avance pour que je me mette à l'ouvrage.

Puis, le lendemain, Isadora l'a escorté jusqu'à la petite gare et, par un baiser d'adieux sur le quai, termine cette grande histoire d'amour avortée par ses craintes de blessures et sa fragilité d'être entraîné dans une passion et dans l'idée de la perte de l'autre.

Alors que le train emporte Joào vers son glorieux destin, elle ignore, et l'ignorera toute sa vie, qu'il figera pour l'éternité leur rencontre dans cette Pietà de marbre blanc de la petite église de Saint-Martin de Condé-sur-Noireau...

Dire que Mary et Isadora sont inséparables est un euphémisme : en fait, elles ont chacune rencontrée une meilleure amie, vivant l'instant présent et admirant l'esprit et le style de l'autre. Le lendemain du départ de Joào, un télégramme précipite le départ de Mary et cela l'embête d'abandonner son amie dans un état si fragile.

— Isa, je vais devoir me rendre à Nice. Une circonstance imprévue dérange mes projets et je dois rejoindre impérativement mon fils, pour les affaires.

Isadora soupire de dépit, n'ignorant pas que depuis que Mary a renoncé à sa carrière artistique en 1910, elle est devenue une femme d'affaires redoutable, intransigeante et que les affaires sont les affaires. Mary a fait sa fortune sur une promesse de mariage raté : alors qu'elle se plaignait d'une éruption cutanée sur son visage, son amant d'alors, Vely Bey, un homme d'affaires turc, lui appliqua une sorte de lotion miracle qui l'a guérie. « L'élixir efface également les rides », ajouta son futur ex-mari.

Lorsque qu'elle eut les ingrédients de l'élixir, Mary le fit fabriquer et le commercialisa : c'est ainsi que pour compenser un mariage qui s'annonçait moins avantageux que prévu, Mary s'est retrouvé à la tête d'un empire cosmétique et de mode, *La Maison Desti* dont elle confia la gestion à son fils Preston.

  — Quand pars-tu ?

  — Demain, au train de Paris de 10 heures 24, avec Zaco qui craint de se retrouver seul à Deauville, puis, après, le Sud. Cela ne te dérange pas ? Tu prendras soin de toi ? Jure-moi de ne pas te noyer dans la solitude et cesser de faire face à ta seule compagnie.

  — Ne t'inquiète pas pour moi, Mary. Je parviendrai à me débarrasser de ma solitude. J'irais voir un docteur...

  — C'est entendu ?

  — C'est entendu.


  C'est une après-midi morne qui se termine, comme toutes les autres depuis le départ de Joào et de Mary. Isadora s'astreint à voir du monde en se rendant rue de Paris. Assise dans un fauteuil de rotin sur la terrasse ombragée de *La Potinière*, elle a le verre solitaire de l'intempérance. L'endroit est encore calme, en dehors des cris assourdis des mouettes et du tout Paris qui déambule.

  Une coupe de champagne à la main, d'une angoisse rêveuse, Isadora amuse sa tristesse en observant les estivaliers qui circule sur la promenade mondaine, ombrelles éclatantes rouge et bleu, lévrier en laisse, où les calmes, les tranquilles se suivent d'un pas lent.

  Alors qu'elle rêvasse, un couple s'installe à quelques tables de la sienne et elle reconnaît la belle soprano d'opéra française, Marthe Chenal, au bras d'un officier, un bel homme, court et carré, affublés d'une barbe noire.

  Marthe Chenal, brune pleine de grâce au front et au visage plus lumineux et plus blancs que ne l'est la fleur de lys, hypnotise par sa seule présence tous les mâles de *La Potinière*, phallocrates éblouis par la fraîche couleur vermeille illuminant sa figure où sont posés deux yeux qui envoient une telle lumière qu'ils ressemblent à deux étoiles.

  Isadora observe du coin de l'œil ce couple. Ils ne semblent pas unis par une passion amoureuse. Ils causent amicalement, d'une façon franche et gaie, de longues minutes devant un verre, avant que l'homme ne se lève et ne disparaisse, en lançant un signe amical.

  Dès que l'homme s'éloigne, Isadora se lève à son tour et se dirige vers la table de Marthe, une coupe à la main, sa bouteille de champagne dans l'autre.

  — Tu as le visage tragiquement blanc, dit Marthe en voyant son amie approcher. On ne m'avait pas menti, tu portes réellement sur ton front la marque des grands malheureux de la terre.

  Isadora hausse légèrement les épaules, en signe de fatalité, et s'installe à la table, se sert une coupe et fait signe à un serveur qui est debout devant la porte de l'établissement, plateau à la main.

  — Tu désires un nouveau spritz ? Elle n'attend pas la réponse de Marthe et commande un verre pour son amie.

  — C'est un temps idéal pour se morfondre et être obsédé par soi, reprend-elle, mais mon esprit refuse de se mettre en route et mon corps suit l'expression de mon âme. Je fais naufrage...

Fort émue, Marthe tente de la consoler, avec des mots vagues, des platitudes quelconques.

— N'essaye pas, soupire Isadora, il n'y a rien à faire pour moi à l'instant, je suis comme un chien perdu. Mais parlons d'autre chose... Qui était ce bel officier barbu à ta table que tu as appelé docteur ? Il me semble confusément le connaître.

— Il se nomme Dupuy, de l'hôpital Américain de Neuilly. Il est actuellement médecin au casino où je suis infirmière bénévole, bien que j'aie des compétences succinctes dans ce domaine.

— Tu es donc infirmière ?

— Quelques jours par semaines. Vois-tu, ça m'est apparu comme un devoir de prodiguer des soins auprès des soldats, de leur apporter un peu de réconfort, par des petites attentions bien modestes, mais qui vont droit au cœur de ces malheureux.

— Ah ! Diable ! lâche stupidement Isadora d'un air indifférent et tranquille.

En voyant le regard imperturbable et morne qui ne semble ne plus rien désirer, Marthe constate tristement que son amie est devenue désintéressée de tout, comme si son cœur s'était trouvé brusquement renfermé hors du temps présent, loin des bruits du monde, indifférente au tumulte qui se fait autour d'elle.

— Pourrais-tu demander à ton docteur Dupuy de venir dans ma suite dès qu'il aura un instant, il me faut un docteur, reprend Isadora. Vois-tu Marthe, l'air de Deauville n'y est pas aussi tonifiant que l'on dit et ne vient pas à bout de ma neurasthénie. J'ai bien peur d'être incurable.

— Je lui en toucherai un mot, promet Marthe.

Puis l'heure de l'apéritif approche, l'endroit devient littéralement noir de monde, chacun voulant, au son des banjos d'un quatuor de nègres, se tenir au courant des derniers potins de Deauville. Isadora fuit l'endroit et la bouteille vide.


Mais les jours passent et Isadora reste dans un état décourageant de langueur et devient si faible qu'elle peut à peine marcher sur la plage pour respirer la brise fraîche de l'océan. Elle n'a eu aucune réponse concernant le médecin, bien que Marthe lui jure au téléphone d'avoir fait la commission.

Elle passe des heures sur la plage de l'hôtel, parfois jusqu'au coucher au soleil, mais cela ne brise pas son apathie. C'est une vengeance surnaturelle de la vie qui affine ses nerfs et tout cela tends, jour après jour, à la souffrance du souvenir douloureux de ses enfants et leur mort tragique.

Elle envoie plusieurs fois par jour un chasseur à l'hôpital pour appeler ce médecin, mais à son grand désarroi, le médecin ne vient pas et lui envoie des réponses évasives.

Mary et João l'ayant abandonné, elle subit l'inconstance du sort et reste au *Normandy,* trop malade pour faire des plans pour son avenir.

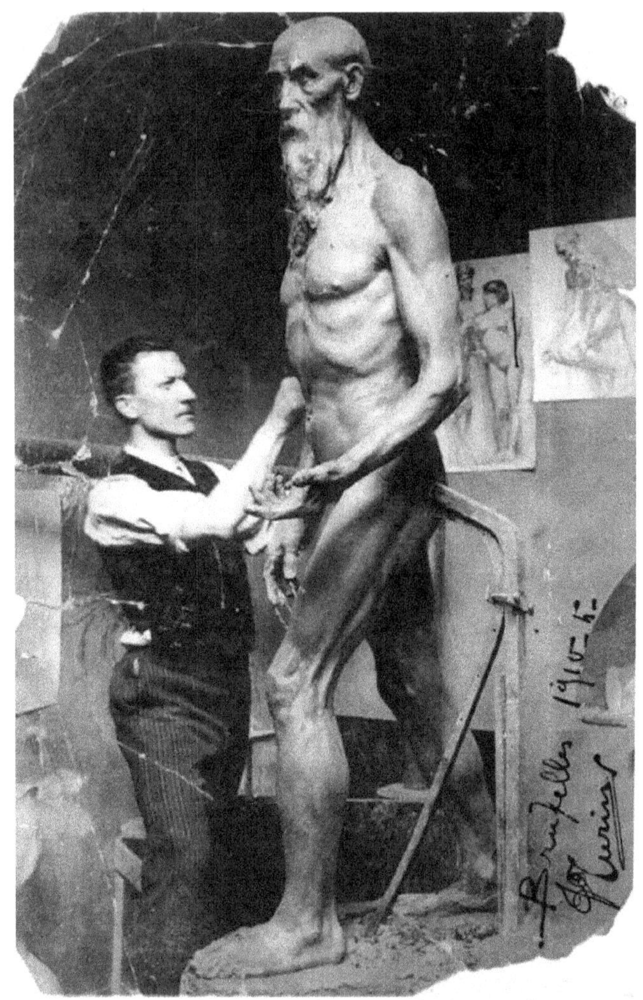

*Joào Turin travaillant à l'Académie Royale de Bruxelle sur son œuvre "Exilio", 1910.* Diesko Rosa

# Chapitre 8
## Automne 1914 : *Black and White*

*Dieu puissant ! tout mon corps frissonne.*
*Qui vient ? qui m'appelle ? — Personne.*
*Je suis seul ; c'est l'heure qui sonne ;*
*Ô solitude ! Ô pauvreté !*

Ces vers de *La nuit de mai*, de Musset, lui tourne sans cesse dans la tête. Il lui semble que le temps a cessé d'exister. Elle erre dans l'hôtel comme un fantôme sur la voie Appienne, avec Loviatar, la déesse de la désolation pour seule compagnie sur cette route ténébreuse. Souvent, sans personne avec elle, sans personne autour d'elle, elle s'isole et reste assise, pleurant en silence en entendant les bruits, les voix, les cris de ses enfants qui hantent sa mémoire.

Isadora désire un coin tranquille, être seule pour sentir la solitude de tout son être, à l'abri des envahisseurs, des rumeurs de foule en délire qui crie, chante, braille et danse le tango sous ses fenêtres.

Où aller ? À Neuilly, dans sa maison où elle n'a pas mis les pieds depuis des mois ? Rien que d'y penser, elle pleure ses enfants. À Nice ? Isadora s'estime trop malade pour un si long voyage. Non, elle rêve tout simplement d'un excès de solitude et de silence.

Elle se décide à interroger François André qui, de sa situation, connaît tout le monde à Deauville.

— L'été avance, un abandon infini et navrant m'entoure. Je cherche une retraite tranquille, connaître la douce absence des regards, là, à Deauville.

— Chère Amie ! Tout le séduisant superflu indispensable à l'élégance est ici, au *Normandy* ! Les villas ne correspondent plus aux exigences de confort et modernité, il serait plus judicieux, à mon avis, de rester parmi nous alors que la période estivale s'achève. Mais je vais néanmoins me renseigner auprès de la Société immobilière, la saison se tirant à la fin, il ne devrait pas être trop difficile à trouver une villa digne de vos attentes.

Le lendemain, Isadora se rend au 105, de la rue Victor Hugo, rue composée de villas alignées ou légèrement en retrait. L'ambiance y semble paisible, les petits avant-jardins plantés ajoutent de la verdure à l'ensemble harmonieux, renforcé par les clôtures à claire-voie et les haies qui bordent les jardins de ces villas.

Elle écoute le mandataire du propriétaire Beaumont d'Erlanger[20], vantant le style anglo-normand de sa villa composée de deux étages. Il lui fait visiter les pièces à vivre : la salle à manger, le salon, le fumoir ou encore la salle de billard qui se déploient au rez-de-chaussée, puis les appartements regroupés au premier étage.

L'architecture complexe de cette villa la séduit, avec ses nombreux décrochages de toiture, ses auvents, sa terrasse et ses bow-windows et surtout

---

[20]  Émile Beaumont d'Erlanger est à l'origine du projet « Chanel Tunnel Company » (l'ancêtre d'Eurotunnel).

la polychromie des façades en noir et blanc. Elle loue donc cette villa meublée, appelée *Black and White* du fait que tout est en noir et blanc dans cette villa, des murs, des tapis, des rideaux en passant par les meubles.

Isadora n'est pas faite pour la vie domestique, surtout dans l'état où elle est. Avant de quitter sa suite, elle demande à Marcelle si elle ne connaîtrait pas une femme disponible quelques heures par jours pour lui faire son ménage et sa cuisine. La femme de chambre du *Normandy* se propose spontanément.

— Vous comprenez, Madame, il faut savoir se tirer d'affaire, si on ne veut pas crever dans la peau d'une meurt-de-faim dans notre monde en guerre. Quand on est servante, il n'y a pas trente-six moyens pour nous, il n'y en a pas deux, mais un seul, entendez-vous Madame, c'est travailler pour deux !

Comme au *Normandy*, Marcelle s'avère rapidement une servante vaillante, rangée, économe et discrète, et elle est fière de travailler « pour la plus grande danseuse du monde, quoi qu'elle semble bien *trutée*[21] dans sa caboche ».

Isadora égaye l'intérieur bicolore et orne de roses rouges toutes les tables et meubles pouvant accueillir un vase. Dans le salon, elle met, sur une petite table, son petit gramophone portatif, acheté en avril 1912 à Budapest et qui ne le quitte jamais. Elle n'a amené que quelques objets portables dans cette tanière : une petite tête diorite de Bouddha, des photographies de ses enfants, de Lohengrin, le père de Patrick, de Gordon Craig, le père de Deirdre, d'Eleonora Duse, Ernst Haeckel et d'autres, d'amants ou maîtresses, ses disques, un panier en osier de lettres personnelles, des manuscrits, et quelques-uns de ses livres de chevet préférés.

L'automne est venu avec les tempêtes de septembre et, avec cet été de la Saint-Martin, l'engouement d'Isadora pour la villa s'amenuise aussi rapidement que l'arbre qui se sauve en faisant tomber ses feuilles.

Malgré une belle journée ensoleillée, Isadora est restée cloîtrée à chanter en boucle sa chanson préférée, celle que la Duse avait chantée pour elle à Viareggio, pour honorer les mémoires de Patrick et Deirdre : *In questa tomba oscura*.

*Dans cette sombre tombe*
*Permettez-moi de reposer ;*
*Quand j'étais en vie, femme ingrate,*
*Vous devriez avoir pensé à moi.*
*Laissez les esprits nus*
*Au moins profiter de la paix*
*Et ne pas baigner mes cendres*
*Dans votre venin inutile...*

Les paroles ont beau avoir été écrite par Carpani sur une musique de

---

[21]  trutée : folle en langue normande.

44

Beethoven, pour Marcelle, trop, c'est trop ! Ayant terminé son service et prête à partir, elle entre dans le salon, vêtue de son paletot et passablement échauffée d'avoir entendu les mêmes paroles et la même musique triste sur le gramophone et houspille gentiment, mais fermement sa patronne.

— Pourquoi pleurez-vous ? Pourquoi vous vous faites tant de mal ? Y rien donc que j'peux faire pour vous ? s'attriste sincèrement Marcelle.

— Quand j'ai pris cette maison, je pensais qu'elle était très chic et je ne savais pas, jusqu'à ce que je vive dedans, comment elle est déprimante ! s'apitoie Isadora.

— Un temps passe et l'autre vient, continue Marcelle plus sévèrement. On ne refait pas sa vie avec des lambeaux de souvenirs ! Allez donc voir un médecin comme vous l'aviez promis à votre amie. Pi ! si c'lui-là veut pas v'nir, prenez-en un autre ! C'n'est pas les toubibs qui manquent à Deauville... Et surtout, vu votre grise mine, ne vous mirez pas dans un miroir, vous ne verriez que l'image du cul du diable ! conclut-elle en quittant la maison.

L'estocade est sévère. Isadora reste comme deux ronds de flan de s'être fait fustiger par Marcelle qui ne s'est pas encombrées de salamalecs pour lui dire l'amère vérité.


Le lendemain matin, encore toute chamboulée du franc parlé de Marcelle, Isadora se rend à l'hôpital du casino pour aller à la rencontre de ce médecin qui refuse de venir à elle. Dans les halls du casino, elle croise Marthe qui se propose de l'accompagner à rechercher le docteur Dupuy. Au fur et à mesure de sa recherche du médecin dans l'hôpital, Isadora replonge en arrière, à la fin de l'année 1912, durant les guerres balkaniques : à l'époque, une partie du territoire est Albanais était occupée par la Serbie et son frère Raymond avait décidé de partir pour Corfou, afin de se faire une opinion sur le sort des Albanais que l'on disait dans une grande détresse.

De retour de cette expédition, après de longues heures de discussions, mêlant Dieu Grecs, la philosophie et son besoin de bouger de Paris, son frère Raymond plaida pour la convaincre, ainsi que les autres membres de la fratrie, de partir pour l'Albanie.

— Tout le pays est dans le besoin, les villages dévastés... Les enfants sont affamés ! Comment pouvez-vous rester ici dans votre chagrin égoïste ? Venez m'aider à nourrir les enfants et à améliorer le confort des femmes !

Son plaidoyer fut efficace et le clan Duncan accosta sur la côte rocheuse de Santi Quaranta, au sud de l'Albanie, où Raymond organisa un centre de secours pour réfugiés en déployant des méthodes innovantes et des plus originales pour l'organisation d'un camp de secours.

Marthe, qui connaît l'épisode albanais d'Isadora, tente une nouvelle fois de la convaincre de rejoindre le personnel soignant bénévole de l'hôpital.

— Vois-tu, Isadora, ces hommes viennent d'hôpitaux d'évacuation qui sont chargés de recueillir les blessés venus du front et de les expédier, sans donner, quasiment, aucun traitement. Ces transports connaissent une mortalité effroyable, au point que l'on parle de « trains de la mort ». Nous avons besoin de toutes les âmes charitables, mais surtout, ça te changerait les idées d'avoir ce sentiment que les autres ont besoin de toi.

— Marthe... J'en serai incapable ! Si j'ai quitté l'Albanie si rapidement, c'est que je ne pouvais plus regarder toute cette misère en face... Et celle que je vois ici semble encore plus terrible...

Enfin, elle trouve le docteur à la barbe noire revêtu de sa blouse blanche médicale. À sa vue, ce dernier lui tourne le dos. Est-ce volontairement ? Elle l'ignore, mais elle va vers lui.

— Docteur, qu'avez-vous donc contre moi pour ne pas venir me voir quand je vous le demande ? Vous ne savez pas que je suis vraiment malade et que j'ai besoin de vous ?

Le docteur semble chanceler, balbutie quelques excuses. Leurs regards se rencontrent et pendant quelques secondes, elle remarque son étrange regard qui parait être hanté. Tous deux restent debout à se dévisager, semblant suivre les voies étrangement tortueuses des souvenirs, à la recherche de visages oubliés.

— Je viendrai vous voir demain soir, vers dix-huit heures, je vous le promets.

— Vous me le promettez ?

— Ne craignez rien.

La tempête d'automne fait connaître sa présence : la mer est houleuse, élevée, la pluie, intarissable, assombrissant le malheur qui règne sur *Black and White*. Le docteur Dupuy a affronté les nuages et s'apprête à se saisir du heurtoir de la porte lorsque Marcelle apparaît.

— Madame Duncan est ici ?

— Oui monsieur. Vous êtes le médecin ?

— Oui, docteur Dupuy. J'ai promis à madame Duncan de passer aujourd'hui.

— C'est pas trop tôt ! Je ne vous accompagne pas, je suis déjà en retard, bougonne Marcelle, mais elle est dans le salon à vous attendre... Vous ne pouvez pas l'louper, c'est au bout du couloir.

Le médecin se dirige au salon où Isadora est agenouillé devant l'âtre, tentant vainement d'allumer un feu de bois dans une cheminée revêche à l'allumage.

Dupuy l'écarte avec bienveillance, se saisit d'une allumette, la frotte et allume le feu qu'elle avait tant de peine à allumer. Miraculeusement, des petits craquements du feu dans la cheminée se font entendre.

Le docteur ouvre sa sacoche, sort son stéréoscope en lui posant les questions habituelles et prend son pouls. Elle lui raconte sa douleur d'avoir perdu son dernier-né et le souvenir de Deirdre et Patrick qui lui a ouvert les portes d'une déchéance sans fin.

— Docteur, sauvez-moi ! Je ne suis pas folle. Vous le savez, ces malades ne manquent pas d'asiles, ils manquent de soin. Les asiles font des fous et comment savoir qu'un fou n'est pas fou puisqu'on ne le soigne pas.

La consultation est longue, minutieuse. Isadora, qui s'encombre rarement des ornements de la pudeur, est nue sous sa toge de mousseline et se prête à l'examen, sincèrement animé par l'envie de guérir.

— Je ne constate rien d'anormal, ni rien de spécial, dit le praticien. Vous êtes particulièrement bien constituée, et bien que cela ne soit pas mon domaine, je dois vous avouer que c'est le chagrin et votre neurasthénie, qui vous affaiblit, vous ronge comme la rouille ronge le fer.

Il se tait, accroché à ses épaules, ne cessant de la regarder d'une manière pénétrante, comme s'il voulait atteindre ses pensées secrètes.

Isadora sent cet appel muet, des frissons courent en elle, font frémir sa porte d'ivoire. Inexplicablement, instinctivement, elle se sent prête à s'abandonner, comme ces battements légers de douces flammes qui brûlent dans l'âtre, douces comme des plumes, s'élevant parfois à des points éclatants, fines, subtiles, et qui la laisseraient toute fondante au-dedans, comme le son d'une cloche montant de vague en vague jusqu'à un point suprême.

Soudain, comme s'il avait senti le consentement muet d'Isadora, il a une caresse chaude. Isadora respire plus vite, halète un peu. Il l'a serre dans ses bras et la couvre de caresses. Elle tremble, mais ne bouge pas, heureuse de l'enivrement de sa chair.

— Madame, vous n'êtes pas malade, s'écrie-t-il soudain, c'est seulement votre âme qui est malade, malade du manque d'amour. La seule chose qui pourra vous guérir, c'est l'amour animal, les plaisirs génésiques. Je vous prescris de l'amour, toujours plus d'amour ![22]

Son cœur sourit, réveillé agréablement par cette proposition de sublimation des sens. Face contre face, yeux dans les yeux, elle plonge son regard dans celui de ce médecin embrasé. Elle connaît ce regard, celui qu'ont tous les hommes ravagés de désirs, déconnectés de la raison. Le pouvoir des caresses est immense, il a deviné à cet instant la flamme passionnée qui brille en elle, celle d'une femme prête à être dévorée ou détruite par ce feu.

— Je me sens très reconnaissante pour cet élan passionné et spontané de l'affection qui vous submerge. Mais je suis seule, fatiguée et triste, lui murmure-t-elle en le repoussant à regret, avec toute la force douloureuse de son âme et de son corps blessés.

Le respect étant le trône de la bonne éducation, le médecin quitte la villa sans un mot.


Après le départ du docteur, elle monte à l'étage et se glisse dans le lit où, muette et désolée, elle s'écoute pleurer de pitié et de rage désespérée… Cet étrange médecin a réveillé ses désirs clandestins, son esprit refusant le sommeil, son regard rejoint l'infinité de la pénombre. Quand les mains de cet étrange docteur l'ont caressé, elle a senti son corps succomber aux pluies de lave tiède, elle a entendu cette musique d'amour qui entre comme une lame, qui s'immisce aisément dans les âmes et papillonne le ventre.

---

[22] *My life*, opus cité.

Mais ses amants, c'est elle qui les a toujours choisis, aimé et oublié. À l'opposé de la mode, il n'y a rien d'éthéré ni d'alangui dans ses sentiments, ses amours traduisent le vent, les vagues, les saisons.

Comme autrefois avec Rodin, elle regrette et se maudit de ne pas avoir succombé à l'appel de la chair. passe la nuit à pleurer, comme la plus faible, comme la plus instinctive des femmes. Telle est sa tragédie ce soir-là.

*Isadora Duncan par Auguste Rodin. « Ses doigts montent et descendent, courent le long des statues. Il passe la main sur elles, les caresse, murmure leur nom. Puis il saisit un peu de terre crue et façonne un sein.  En faisant cela, il respirait très fort. Il me regardait, les paupières à demi baissées, les yeux étincelants et, avec l'expression qu'il avait devant ses œuvres, il s'est approché de moi. Il a posé sa main sur mon cou, sur ma poitrine, a caressé mon bras, a passé ses doigts sur mes hanches, mes jambes nues, sur mes pieds nus. Il a commencé à pétrir mon corps comme de la glaise tandis qu'il se dégageait de lui une chaleur qui me brûlait et me fondait. Je n'avais qu'un désir : lui abandonner tout mon être et je l'aurais fait si, par la faute de mon éducation absurde, je n'avais pas pris peur et ne m'étais reculée. J'ai jeté ma robe par-dessus ma tunique et je l'ai renvoyé tout déconcerté. Quel dommage ! Combien de fois j'ai regretté cette incompréhension enfantine qui m'a fait perdre la divine chance de livrer ma virginité au grand dieu Pan lui-même ! » (Isadora Duncan, My live, 1927).*

# Chapitre 9
## Octobre 1914 : offrande à Éros

Malgré un déchet de vent, la tempête s'est éloignée. Isadora trouve la force de sortir, pour réfléchir. Elle vagabonde sans but le long des lais fleuris, symbole de la Côte fleurie.

Des enfants jouent sur la plage. Depuis la déclaration de guerre, comme dans toute la France, on voit les enfants, au sortir de l'école, « jouer à la guerre », maniant des baïonnettes de bois et affublé d'un bonnet de papier. Ils crient, courent, se bousculent.

Ils jouent à un jeu dramatique, ignorant les dures conditions de la guerre, ne connaissant pas encore la souffrance des soldats dans les tranchées. Ils jouent à « sauver la France », s'identifiant complètement au combat national.

Isadora les entend rire et ne peut s'empêcher de frissonner de voir la guerre s'emparer des terres de l'enfance. Ces enfants témoignent de la brutalité et de la violence des hommes. Cette jeunesse court et s'amuse, ignorant qu'ils deviendront les blessés et les morts de demain.

Son errance la fait échouer devant la villa du Coteau[23]. Elle avise Marthe vêtue de son grand manteau bleu marine, orné de l'insigne S.B.M, d'une blouse blanche et d'un voile blanc. Alors qu'elle s'apprête à monter dans une Delaugère et Clayette, Marthe aperçoit la silhouette d'Isadora et lui fait des grands signes.

— Isadora ! Tu tombes bien, j'ai besoin de ton aide et de te parler ! Voudrais-tu m'accompagner quelques instants ? interroge Marthe à son amie qui s'approche rapidement.

— Bien sûr, sourit-elle. Que fais-tu chez Henri de Rothschild ? demande-t-elle alors qu'elle grimpe dans l'automobile.

— J'ai délaissé ma villa de Villers-sur-Mer pour quelque temps, Henri a mis à ma disposition sa villa. Là, je dois me rendre à la gare pour récupérer les colis d'ambrine qu'Henri a fait expédier pour les hôpitaux de Deauville.

La voiture file à toute allure dans les rues de Deauville.

— As-tu eu la visite du docteur ? reprend Marthe pour rompre le silence du moteur.

Isadora murmure un vague « oui » et se tait, rougissante de ne pas avoir le courage d'avouer qu'elle avait renoncé sottement à s'offrir à lui jusqu'au plaisir.

— Je vois que tu es toujours aussi peu loquace, soupire Marthe. Tu as réfléchi à mon idée de devenir infirmière bénévole ? Je dois quitter Deauville demain et débuter ma tournée sur le front pour le moral des soldats. Une bonne âme supplémentaire serait la bienvenue. Qu'en penses-tu ?

— Rien, tout est encore confus dans ma tête et je m'inquiète pour

---

[23]  l'actuelle villa Strassburger.

mes filles. Lohengrin m'a écrit qu'il avait transformé son château du Devonshire en hôpital.

— Où vont aller les Isadorables ?

— Comme elles sont de toutes les nationalités, et afin de les protéger, il les a embarqués pour New-York. Augustin et Elizabeth m'envoient journellement des télégrammes fréquents pour que je les rejoigne aux États-Unis.

— Eh bien, vas-y au lieu de te complaire dans ton malheur !

— Bien sûr que j'aimerais rejoindre mes filles, mais je ne suis plus qu'un corps douloureux, je suis une écorchée, mon âme est une plaie vive, je n'ai goût à rien.

Soudain, Isadora s'enferme dans le silence, les yeux empreints de tristesse. Après avoir livré quelques colis au *Royal Hôtel*, à l'Orphelinat Saint-Joseph, elles arrivent au casino.


Les deux femmes entrent dans le hall afin de trouver des soldats pour les aider à décharger l'automobile. Marthe s'approche d'un jeune officier portant une pelisse noire arborant des feuilles d'acanthes, lui donnant une sorte d'aristocratie vieillotte et distinguée. Le jeune officier souriant s'incline avec un salut militaire cérémonieux.

— Madame Chenal, c'est toujours un bonheur de vous voir. Puis, se tournant vers Isadora, Miss Duncan quel honneur de voir la prêtresse éternelle de la plus noble et haute antiquité.

Isadora lui rend son salut et ses compliments avec un sourire grave et charmant.

— Isadora, enchaîne Marthe, je te présente le charmant intendant de l'hôpital qui assure la bonne marche du lieu, chose qui n'est guère facile par les temps qui courent.

Le jeune homme allait répondre quand il aperçoit deux brancardiers inoccupés, qui paraissent être des braves hommes. Le jeune officier leur ordonne d'aller décharger l'automobile.

— Cette livraison tombe à pic, nos stocks sont, comme nos finances, épuisés.

— Vous ne disposez donc d'aucun crédit ? interroge Isadora, par politesse indifférente.

— Nous survivons grâce aux subventions données par le ministère de la Guerre et de l'Association des Dames françaises. Cependant, elles ne sont pas suffisantes pour subvenir entièrement à nos besoins. Cet établissement, comme les autres, vit de l'aide des comités locaux et du don des particuliers, comme ceux de monsieur le baron de Rothschild. Il est heureux que beaucoup d'habitués de Deauville nous financent, grâce à leur fortune personnelle.

Les deux brancardiers s'approchent du trio, qui parle d'argent, souffrance et mort, et informent leur supérieur que le déchargement est terminé. Isadora, qui se morfond et estime de ne pas avoir été d'une grande utilité, trouve avec cet aparté une échappatoire pour s'éclipser et rompre tous ces propos morbides qu'ils tiennent depuis dix minutes.

— Je vous prie de m'excuser, je suis un peu lasse, je vais rentrer à pied chez moi, l'air me fera le plus grand bien, annonce Isadora.

Alors qu'elle s'apprête à sortir, surgit, dont ne sait où, l'étrange médecin qui vient à la rencontre du trio.

— Quel est son prénom déjà ? interroge précipitamment Isadora.

— André, réponds Marthe qui voit le visage de son amie se colorer d'un teint resplendissant et son regard s'animer d'adulation, d'un regard de feu qui ne trompe pas, celui d'une femme prête aux pires folies pour allumer une passion.

Il est là, en contre-jours, tout seul dans cette semi-pénombre.

André lève la tête, fléchissant involontairement les épaules. Il s'approche d'elles. Isadora au regard fixe, le mange des yeux. Il est vêtu de sa tunique bleue. Elle est hypnotisée par ses yeux noirs surmontés de grands sourcils, descendant très bas et pressant sa figure. Elle redécouvre l'image qui l'a hantée toute la nuit, son nez droit, son visage dissimulé par cette belle barbe noire.

Il se plante face à elle, sans un mot ou un coup d'œil pour les autres.

Leurs yeux se soudent. Ils restent comme paralysés, comme s'il n'y avait plus personne autour d'eux. Marthe sourit de voir Isadora le dévorer des yeux : cela ne fait aucun doute, elle est amoureuse. L'intensité de l'instant trahit les émotions et sentiments qui les submergent : ils ont envie l'un de l'autre.

— André, je vous attendrai ce soir, vous aviez raison, seule votre prescription pourra me guérir... Parviens à dire Isadora en faisant demi-tour, comme pour échapper au sortilège et de son irrésistible envie de lui sauter dessus.

Isadora est certaine qu'André va venir. L'habitude et la pratique des hommes ont affûté son instinct de femme.

Elle s'est assuré de l'aide de Marcelle pour préparer une collation faîte d'huîtres, de poulet froid, quelques petites pâtisseries et du champagne Moët et Chandon.

La table est dressée au milieu du salon, pièce plus appropriée pour un repas d'amoureux intime que la grande salle à manger. Pour ce tête-à-tête, la petite table porte une nappe, un petit loutrophore de cristal contenant une rose au centre, deux assiettes, deux verres à champagne, deux fourchettes, deux couteaux et un chandelier à quatre branches qui ne demande qu'à scintiller.

Debout devant la fenêtre à épier la rue, vêtue d'une tunique transparente, les cheveux torsés avec des roses, elle attend André, se sentant comme Aphrodite attendant son amant Dionysos.

Au loin, le soleil meurt dans un horizon rouge et sombre.

Elle entend toquer à la porte. Elle soupire d'un soulagement satisfait et quelque chose de doux, de délicieux, de divin l'envahit. Elle pose l'Impromptu Opus 90 n°. 2 de Schubert sur le gramophone et, d'une danse légère, flotte jusqu'à la porte.

André entre, portant en ses deux mains un énorme bouquet de fleurs aux teintes des plus ardentes. Elle lui prend le grand bouquet qu'elle dépose nonchalamment sur la desserte de l'entrée.

Sans un mot, elle lui tend les mains.

— Si vous le voulez, nous serons amants ce soir, dit-elle sans détours.

André regarde cet être faible, mais si dangereux et mystérieusement troublant.

Sans un mot, elle l'entraîne dans le salon où le champagne les attend. Debout, face à face, ils s'apprivoisent du regard, sans un mot.

— Vous m'avez offert de venir vous voir, j'ai accepté sans hésiter, vous êtes une de ces femmes créées pour aimer et pour être aimées, dit-il en portant la coupe à ses lèvres.

Coupe à la main, Isadora se met à danser pour lui. Sa tunique légère virevolte et laisse apparaître la nudité de ses courbes. Le regard d'André est fasciné par cette parade amoureuse.

— L'amour est peut-être la réponse à tout ? souffle-t-elle.

Puis, elle cesse brusquement de danser, pose son verre et se colle à lui. André pose sa coupe et lui prend les mains.

— Qu'il est doux d'avoir la main serrée par l'homme que l'on désire ! Hier, quand j'ai vu tes yeux… Ton regard me disait « je te veux, je désire une nuit près de toi ». Je suis heureuse de te voir, depuis des heures, tu es la seule inspiration de mes pensées.

Les doigts entrecroisés, elle l'entraîne pratiquement par la force à travers les escaliers jusqu'à sa chambre. Les deux cœurs battent un peu trop fort l'un pour l'autre, il a envie de l'embrasser, de la dévorer, de la respirer. Elle sent son désir violent, ardent, brutal.

Sur le palier, ils se retrouvent face à face pour s'embrasser. Il met ses mains sous ses fesses et la soulève, elle met ses jambes autour de sa taille et se cramponne à son cou alors qu'il se dirige vers le lit, tout en l'embrassant.

Ils sont au pied de l'alcôve, large et accueillant. Elle laisse glisser sa tunique à ses pieds puis le déshabille fébrilement, immergée dans une tempête de caresses, son cœur battant, chaque nerf baigné de plaisir, tout son être inondé, en extase de joie.

Dans un bruit de froissements d'habits défaits à la hâte, cette ombre mâle et nue s'accole brusquement sur son flanc. C'est un éveil à la vie, elle exulte, le temps s'arrête. André effleure ses cheveux, s'émerveille de ses formes, semblant réfléchir, comme un créateur devant sa toile vierge afin de réaliser un chef-d'œuvre et d'accéder à la perfection.

Elle est peu à peu vaincue par l'impatience de cette bouche qui mordille, meurtrie ses épaules d'ivoire et ses seins. Le ventre brûlant, elle est terrassée par le corps de son amant. Elle prend son visage dans ses mains, ouvre ses yeux et les plongent dans le regard enflammé de désir de son sigisbée.

— Je suis à toi !

Soudain, elle rejette sa tête en arrière et s'offre avec le sentiment éthéré d'un vol dans les cieux.

Épuisée, vaincue, elle ne bouge plus. André reste en elle, le visage enfoui dans ses épaules, à la recherche de son souffle. Elle lui caresse ses cheveux trempés par l'effort.

— Qu'il est doux d'être aimé ! murmure-t-elle.

Ils ne se disent plus un mot, leurs doigts enlacés. Cette offrande à Éros, cette lente et voluptueuse danse, a anéanti leur corps. Repus de plaisirs, il se met sur le dos. Elle se blottit dans le creux de son épaule, une jambe pardessus la sienne. Ils s'endorment.

Le jour pointe, d'abord terne, puis rose. André dort encore. Elle se réfugie sur son épaule et place sa main sur l'objet de sa jouissance. Il s'éveille.

— L'homme jouit du plaisir qu'il éprouve, la femme de celui qu'elle procure, lui dit-elle en se glissant sous les draps, ranimer l'objet de son plaisir.

Depuis cette première nuit, après son travail à l'hôpital, André se rend chaque jour à la villa *Black and White* et Marcelle découvre alors la vraie Isadora, souriante, joyeuse qui passe ses journées dans le tourbillon de danse amoureuse.

« [...] André est comme une parenthèse, écrit-elle à Desti. J'ai toujours été fidèle à mes amours, et, en fait, je n'aurais probablement jamais laissé l'un d'eux s'ils m'avaient été fidèles. Car je les ai aimés une fois, je les ai aimés toujours et pour toujours. Si je me suis séparée d'eux, je ne peux que blâmer l'inconstance des hommes et la cruauté du destin.[...]

[...] Nous faisons un couple curieux, chacun plongé dans sa propre douleur et, peut-être, pour cette raison, nous nous sommes trouvés l'un et l'autre de bonne compagnie. Je pense à l'avenir que je vois sans nuages et sans encombres, malgré la guerre.

Mais, chaque matin, André extrait de moi la promesse sacrée que, pour l'amour des Isadorables, je ne penserais plus jamais au suicide. [...] »

*Isadora Duncan nue, 1920,* Arnold Genthe..

# Chapitre 10
## Octobre 1914 : l'ange blanc.

Miraculeusement, Isadora réapparaît réjouissante, ayant retrouvé les saveurs de sa beauté féminine épanouie et redevenue cette femme pétillante que tout le monde aime ainsi. Elle se sent bien dans sa tête, dans son corps, son âme semble renouer avec l'insouciance, celle de la jouissance du moment, oublieuse du passé, insouciante de l'avenir.

Dorénavant, chaque soir, elle invite les amis médecins d'André pour un *potluck dinner*[24] où, souvent, une bouteille amicale arrive.

Lors de ces *potluck dinners*, André parle sans tabou de ses expériences terribles de ses journées, des souffrances des blessés, des opérations, souvent désespérées, en un mot, des horreurs de l'horrible guerre, plongeant parfois Isadora dans un sentiment de gêne d'avoir cru égoïstement qu'elle était la seule à porter le lourd fardeau de la souffrance.

S'il parle volontiers de sa demande, de son incorporation et de sa nomination comme chirurgien, André reste mystérieux, n'évoquant sa vie qu'avec parcimonie, restant vague, sinon silencieux sur son existence d'avant la guerre, concédant seulement qu'elle bride qui n'apporte rien sur son histoire. Néanmoins, à travers ses confidences, André pose un regard lumineux de pitié et d'amour fraternel sur la douleur qui déchire les vies des soldats blessés.

— J'avoue volontiers que le contact journalier avec les blessés ébranle ma sensibilité tant que je pénètre le fond des âmes de nos soldats. Pour que cette guerre finisse un jour et finisse le moins mal possible, j'ai bien peur qu'il nous faille souffrir jusqu'à la fin. Je refuse de me laisser endurcir, de devenir apathique, aveugle, sourd. C'est notre affection mutuelle qui me sauve de l'indifférence.

Mais ces propos sonnent autrement lorsque son ami Paul Busquet, jeune homme aux émotions blasées, établi un bien étrange classement sur les blessés qui passent entre ses mains :

— J'aime le blessé belge, il est généralement courageux et calme, mais il est vrai qu'un soldat Belge est un tenace. Les Anglais et les Français, mais je dois avouer que ce sont surtout les Français, sont incomparablement moins stoïques... Mais je dois vous avouer, reprend-il ironiquement, les plus drôles sont les gens de couleurs, « la Force noire » : s'ils sont impitoyablement courageux aux combats, ils se plaignent beaucoup pour de petits bobos et prennent alors des attitudes et des mines apitoyantes... J'ai une petite admiration, enfin, disons plutôt une curiosité, vis-à-vis des blessés Allemands. Ceux-ci sont farouches et vous ne sauriez leur arracher ni une plainte ni un sourcillement. Pour ce que j'ai pu en voir, et au risque de me faire traiter de défaitiste, l'énergie du soldat allemand est magnifique. On nous dit le soldat allemand lâche, craignant la mort, redoutant la baïonnette, démoralisé, tout cela n'est qu'inventions !

---

[24] « à la fortune du pot », dirait-on en français.

Lorsque qu'André entre à l'aube du 11 octobre, Isadora s'est endormie, un livre au pied du divan. Il se dirige vers elle et lui embrasse le front.

— *My endless love*, enfin ! souffle-t-elle en s'éveillant.

André a les cheveux en désordre, la barbe mêlée, la mine défaite. Il se sent affaibli, épuisé. Il s'agenouille et pose son front abîmé sur les cuisses d'Isadora.

— J'ai envie de rester là, à te sentir, te contempler, oublier les horreurs qui ont dépassé toute l'imagination que les hommes n'auraient jamais dû franchir.

— Ce fut si terrible ?

— La contre-attaque de Monchy-au-Bois a tournée à la catastrophe. Les wagons ont vomi leur sinistre cargaison de blessés et de morts en devenir.

Isadora le caresse amoureusement des yeux et, comme les femmes aiment à consoler, passe tendrement sa main dans l'épaisse crinière de son amant.

— La nuit fut terrible ! Mais parlons d'autre chose, dit-il en se redressant. Comment vas-tu ma tendre inconsolable ?

— Ton ami Paul m'a apporté le livre *Boule de Suif*, d'un auteur que je ne connaissais pas, Maupassant. Je n'ai jamais rien lu de plus terrible, l'histoire est bouleversante, c'est un véritable chef-d'œuvre !

— C'est ce qu'avait écrit Flaubert au sujet du livre, rit André.

— Ne te moque pas ! Cela m'a amené à de longues réflexions tant son talent fait formuler par les gens simples la dénonciation de la guerre. Au lieu de rire, écoute...

Elle s'empare du livre posé à ses côtés et cherche une page quelques instants et commence à lire :

« Des commandements criés d'une voix inconnue et gutturale montaient le long des maisons qui semblaient mortes et désertes, tandis que, derrière les volets fermés, des yeux guettaient ces hommes victorieux, maîtres de la cité, des fortunes et des vies de par le "droit de guerre".

Les habitants, dans leurs chambres assombries, avaient l'affolement que donnent les cataclysmes, les grands bouleversements meurtriers de la terre, contre lesquels toute sagesse et toute force sont inutiles. Car la même sensation reparaît chaque fois que l'ordre établi des choses est renversé, que la sécurité n'existe plus, que tout ce que protégeaient les lois des hommes ou celles de la nature, se trouve à la merci d'une brutalité inconsciente et féroce. Le tremblement de terre, écrasant sous les maisons croulantes un peuple entier ; le fleuve débordé qui roule les paysans noyés avec les cadavres des bœufs et les poutres arrachées aux toits, ou l'armée glorieuse massacrant ceux qui se défendent, emmenant les autres prisonniers, pillant au nom du Sabre et remerciant un Dieu au son du canon, sont autant de fléaux effrayants qui déconcertent toute croyance à la justice éternelle, toute la confiance qu'on nous enseigne en la protection du ciel et en la raison de l'homme. »

Elle lève les yeux du livre et ébranle son amant d'un regard à refaire le monde.

— Demain, je vais aider à l'hôpital.

— Bien ! Mais avant toute chose, laisse-moi passer un coup de téléphone.

Le lendemain après-midi, sur les recommandations d'André, Isadora se rend au quartier des Villas à la rencontre de Marie-Charlotte Dollfus, Présidente la Société de secours aux blessés militaires et veuve du richissime Edmond Dollfus.

Elle n'a pas à pousser la grille de *Villa Dollfus*, qui est grande ouverte et donne sur une vaste allée. L'imposante demeure est tellement représentative des maisons de plaisance de la Belle Époque construites à Deauville qu'Isadora reconnaît aisément l'inspiration britannique et victorienne de la demeure, avec ses façades animées par des tourelles octogonales et de hautes cheminées cylindriques.

Après avoir traversé le petit parc où aucun bruit ne s'entend, même pas un souffle d'air dans les feuilles, elle gravit les quelques marches de l'imposant escalier qui mène au perron. Là, elle tire sur la chaînette qui déclenche le tintement d'une cloche. Un maître d'hôtel en livrée lui ouvre rapidement la porte et elle se présente.

— Je vais informer Madame Dollfus de votre présence, Miss Duncan, dit-il en l'invitant à entrer dans l'un des deux salons.

Isadora est habillée comme un personnage de Kate Greenaway, d'une robe de mousseline blanche, d'une ceinture bleue sous les bras et d'un grand chapeau sur la tête qui couvre ses cheveux en boucles sur ses épaules. Elle traverse ce salon propre, aux meubles froids et lourds, orné de tableaux de famille, de portraits, de photographies et d'aquarelles de chevaux accrochés aux murs. À l'autre bout du salon trône, sur le grand mur, un portrait de femme. Isadora s'attarde sur ce tableau qui transpire la suffisance de l'opulence, quand une voix se fait entendre derrière elle, brisant l'air silencieux du salon.

— C'est un cadeau d'Edmond, feu mon mari. C'est mon portrait peint par Ernest Hébert, en 1899.

— Magnifique ! ment simplement Isadora tandis que son hôtesse l'invite d'un geste à prendre place sur un des fauteuils posé vers la cheminée.

— Thé, café ou chocolat ? s'enquiert la maîtresse de maison.

Au grand dam d'Isadora, son hôtesse commence la discussion sur des banalités qui l'entraîne rapidement à évoquer les potins mondains. Tout en buvant son chocolat et grignotant des viennoiseries, Isadora acquiesce quelques fois avec un geste de la tête.

Brusquement, madame Dollfus change de ton et devient affable :

— Ce cher André m'a fait part hier matin au téléphone de votre charitable désir de devenir infirmière. À ce sujet, j'ignore ce que vous lui avez dit ou fait, mais il est vrai que depuis quelques jours, il ne jure et ne parle que de vous ! rajoute-t-elle fallacieusement.

— Je l'ignore. Je suis simple, toute simple, la nature même, vous savez, susurre-t-elle la pudeur rougissante.

— Bref, passons, enchaîne madame Dollfus. Ce cher garçon m'a fait part de votre désir de travailler à ses côtés et j'ai pu obtenir ce matin une réponse favorable de sœur Sylvie, l'infirmière en chef du casino. Tenant ses informations du docteur Dupuy, celle-ci m'a affirmé que vous aviez déjà une grande expérience dans cette fonction.

— Une grande expérience, c'est beaucoup dire ! Disons que j'ai acquis quelques notions, il y a une dizaine d'années. C'était l'époque où l'on m'avait surnommé la *Verrückte dame*[25] à Grünewald, où j'avais installé ma première école. À l'époque, j'étais tellement impatiente de remplir mon école et les quarante petits lits, que j'avais pris les enfants sans discrimination, sur un simple doux sourire ou de jolis yeux, sans me demander si oui ou non, ils étaient capables de devenir des futurs danseurs. Finalement, on m'a abandonné tant d'enfants malades que j'ai dû me battre pour soigner des enfants proches de la mort. J'ai pu les sauver grâce à l'aide de deux infirmières et du merveilleux docteur Hoffa[26]. « Ceci n'est pas une école, c'est un hôpital ! Tous ces enfants ont des souillures héréditaires et vous vous trouverez dans la nécessité de passer plus de temps pour les garder en vie que de leur apprendre à danser », m'avait-il reproché. Mais il était si enthousiaste à l'idée de mon école qu'il donnait ses consultations pour rien et m'a formé, ainsi que ma sœur Élisabeth, au métier d'infirmière. Sans son aide infatigable, je n'aurais jamais amené ces enfants à la belle raison de la santé et à l'harmonie qu'ils ont tous atteint par la suite en devenant les Isadorables.

Puis, elles s'entretiennent de la guerre, presque naturellement. Au bout d'une petite heure, madame Dollfus se lève pour signifier la fin de l'entretien. Puis, s'apercevant d'un oubli.

— Attendez, ajoute-t-elle, avant de partir, il me faut vous donner votre uniforme.

Elle entraîne Isadora hors du salon et elles se dirigent vers une porte faisant face au salon, dans le hall d'entrée.

— C'est le bureau de feu mon mari, précise-t-elle, comme pour s'excuser de ce que va découvrir son hôte lorsqu'elle va ouvrir la porte.

Il règne un grand capharnaüm dans cette pièce où l'on aperçoit à peine le bureau.

— Excusez du désordre, rajoute-t-elle en plongeant le nez dans divers cartons, mais, en plus d'acheter les uniformes pour les infirmières bénévoles, je reçois aussi une multitude de dons que je stocke ici et là dans ma villa, dont ceux de notre amie Coco Chanel, qui s'occupe de fournir une partie des tenues... Ah voilà ! Cela devrait être à votre taille.

Elle lui donne un chemisier blanc en coton, ainsi qu'une longue robe, une blouse et un voile.

— Essayez ça le temps que je vous trouve un manteau.

---

[25]   verrückte dame : dame folle.

[26]   Albert Hoffa (1859 – 1907). Ce chirurgien orthopédique allemand est l'un des plus grands bienfaiteurs de l'humanité qui se faisait payer à prix d'or ses services à sa riche clientèle afin de financer ses actions philanthropiques et a investit une grande partie de sa fortune pour un hôpital des enfants pauvres de Berlin.

Isadora s'exécute, aussi désappointée que ce jour de 1895 à New-York où elle avait dû enfiler son pitoyable costume de Colombine pour ne pas mourir de faim en jouant la pantomime au côté de la grande et tyrannique Jane May. Elle enlève sa grande ceinture bleue et laisse glisser sa robe au moment où madame Dollfus se retourne pour lui tendre le manteau. Elle s'aperçoit avec horreur que, non seulement Isadora ne porte aucun sous-vêtement, mais qu'elle est complètement épilée. Elle vient, semble-t-il, de comprendre l'engouement du docteur Dupuy pour cette danseuse.

— Comme je vous l'ai dit, je suis toute simple, la nature même, lui dit Isadora avec un léger sourire devant la gêne visible de son hôtesse.

— Voilà, vous savez où tout se trouve, essayez de trouver votre taille, je vous attends au salon, balbutie-t-elle en sortant de la pièce sans se retourner, comme si elle fuyait Sodome et Gomorrhe.

Le lendemain matin, Isadora se rend au casino, vêtue de son nouvel uniforme réglementaire, qu'elle a adapté en habit de mode en cousant une grande partie de la nuit.

Elle traverse la terrasse du casino où se trouve, malgré l'heure matinale, quelques soldats convalescents assis devant une table à boire du café encore fumant. Isadora s'avance vers une infirmière pour demander son chemin.

— Madame Dollfus m'a dit que Sœur Sylvie m'attendait pour 7 heures 30, pourriez-vous m'indiquer où je peux la trouver ?

— Vous êtes la nouvelle ? demande la jeune femme blonde à l'accent belge.

— Oui.

— Suivez-moi, dit-elle en l'entraînant à l'intérieur.

— Votre venue est heureuse tant nous sommes fort peu nombreuses depuis le départ des estivalières. Ah ! Voilà ! s'exclame-t-elle quand elles sont devant un long couloir. Voilà, c'est tout au fond, la dernière porte à droite, indique-t-elle en tendant le bras.

L'infirmière, d'un simple doux sourire, s'éloigne avec un petit salut de la main.

— Bienvenue parmi nous !

Isadora arrive devant les deux portes au fond du couloir, portant chacune une plaque en bakélite où est inscrit en lettres d'or « Chef Médecin-major Brochard » pour l'une et, sur l'autre, « 1ʳᵉ Infirmière, Sœur Sylvie ». De son index plié, Isadora frappe à la porte entrouverte de sœur Sylvie.

— Entrez, entrez, donc ! dit une voix lente et douce à l'accent toulousain.

Elle pousse la porte et entre dans un vaste bureau encombré d'une multitude de meubles-classeurs en métal brossé et autres classeurs à fiches métalliques. Assise derrière un bureau anglais, dessus de cuir vert, se trouve sœur Sylvie. Elle est de petite taille et de faible corpulence. Elle lève son visage doté d'un front plat et d'un petit nez grec surmonté de lunettes rondes.

Son regard, brillant et pétillant, considère sa visiteuse. Ses lèvres minces à commissures relevées et pâles tremblotent, semblant murmurer des prières incessantes.

— Je suis Isadora Duncan.

— Ah ! L'Américaine ! réponds simplement la sœur, bonjour, asseyez-vous et discutons.

Une fois son interlocutrice assise, la sœur reprend.

— Vous désirez donc intégrer la quatrième armée ! Le docteur Dupuy m'a fait part de votre désir de renforcer nos effectifs. Je vous en remercie, cela soulagera le travail de nos infirmières diplômées fort peu nombreuses.

Isadora se sent comme lors de ses premières auditions ratées à San-Francisco où, simplement vêtue de sa petite tunique grecque blanche, l'opinion des metteurs en scène restait invariable et sans appel : « C'est beau, mais ce n'est pas pour le théâtre ! »

— Mais l'hôpital n'est pas un théâtre, murmure Isadora perdue dans ses pensées.

— Pardon ?

— Non, excusez-moi, j'étais ailleurs...

— Il faudra éviter à l'avenir, on n'a pas le temps de rêvasser ici, la coupe sœur Sylvie, la femme est une garde-malade, une infirmière-née, mais elle l'est sans le savoir. Vous allez assurer le confort moral et matériel des malades, il vous faudra aussi être propre et en bonne santé, car la profession est pénible. Mais mon devoir est de vous préciser les qualités et devoirs d'une aide-infirmière auxiliaire, même si vous venez sur les recommandations du docteur Dupuy : il vous faudra être dévouée, obéissante, comme un soldat à l'égard de ses chefs, discrète, calme, ordonnée, de sang-froid et de moralité irréprochable, conclut-elle en toussotant sur les derniers mots.

Isadora écoute, avec une douce patience la longue litanie médico-militaire de sœur Sylvie.

— Bien, selon le dossier de votre demande, vous êtes aptes à exercer sans formation, mais, puisqu'il semble que vous ayez un bon professeur à domicile, je vous invite à revoir vos connaissances sur les règles d'hygiène et d'asepsie, réapprendre à panser, suturer, faire des toilettes, prendre un pouls et une température, poser des ventouses, bref, toutes ces choses qui s'oublient facilement. Mais bon, le temps manque et le docteur Busquet est à Honfleur pour enseigner notre fonctionnement aux nouvelles volontaires. C'est donc sur le terrain que vous allez découvrir les pratique de cet hôpital. Vous serez détachée au service du docteur Dupuy. Mais là, je ne vous apprends rien, n'est-ce pas ?

Puis, sans laisser le temps à Isadora de répondre, sœur Sylvie conclut avec un sourire bienveillant.

— Bienvenue parmi les anges blancs. Je suis heureuse de vous avoir parmi nous. Vous m'excuserez, dit-elle en se levant, mais j'ai à faire, avec toute cette foutue paperasserie ! Mais avant, je vais vous conduire vers sœur Clémente, qui est responsable des nouvelles recrues.

# Chapitre 11
## Octobre 1914 : Ousmane

Depuis le 17 octobre, on est en pleine bataille de l'Yser, la première bataille des Flandres où les lignes doivent être tenues à tout prix, sans esprit de recul. Sur la voie de garage de la gare de Tourgéville, un train sanitaire, composé de wagons réservés aux chevaux, apporte son lot de désolation. Quand les portes des wagons s'ouvrent, les soldats sont là, allongés sur la paille comme des animaux, gémissant dans l'obscurité où règne l'odeur âcre de sang, de transpiration et de fièvre.

— Pour sûr ! Un âne est plus heureux à paître sa luzerne, pleure un brancardier.

Après le passage du major de garde, les infirmières aident ces braves à changer de position, refaisant les pansements, quand ceux-ci n'ont pas glissé ou disparu pendant le voyage. Durant cette première intervention, Isadora donne à boire, car la fièvre, la chaleur et le voyage, qui a duré trois jours, les font souffrir de la soif. Elle est bouleversée de l'abnégation de ces hommes brisés qui indiquent eux-mêmes ceux dont l'état réclame les soins les plus urgents. Débute alors, vers trois heures trente du matin, un bruit ininterrompu d'autos, voitures, chars à bancs circulants dans les rues de Deauville et c'est ainsi que, train après train, les Deauvillais s'habituèrent à ces banales agitations provoquées par ces frets tragiques et qu'Isadora entra au baptistère de l'hécatombe, témoin de l'horreur indicible, plus horrible encore que celui d'Arménie.

Isadora est de garde à chaque fois qu'André est en service dans ce vaste hôpital où avait retenti des orchestres de jazz et les rires, avant d'être transformé en un immense sérail de la souffrance. Ici et là, un martyr éveillé se retourne avec des soupirs et des gémissements fatigués et, inlassablement, de cette vraie générosité qui consiste à faire plaisir sans espérance de retour, elle va de l'un à l'autre, donnant un mot de réconfort, quelque chose à boire ou un sourire. Comme toutes les infirmières, Isadora incarne la femme, celle dont la présence est absente depuis longtemps de leur vie de soldat. Bien sûr, cela lui est pénible, mais le fait de soulager ces soldats mutilés et malades, qui souffrent, lui font peu à peu oublier son mal de vivre. Instinctivement, elle noue de nombreuses relations affectives sincères avec ces esclaves en uniforme, ces hommes qui croient mourir pour la patrie alors qu'ils ne nourrit que la guerre.

Avant la venue de l'équipe du matin, elle relève les thermomètres et marque leur fièvre au crayon de couleur sur les feuilles de température. À l'heure de la toilette, elle envoie au lavabo les valides qui, clopin-clopant, leurs serviettes sur le bras, le savon en main, vont vers une salle d'eau en chantant, sifflant, riant, s'aspergeant et jouant comme des enfants. Elle prépare, pour ceux qui ne peuvent se lever, une cuvette avec un peu d'eau chaude qu'elle place sur un tabouret près de leur lit et lave ceux qui, par leur état ou leur blessure, sont dans l'impossibilité de se laver eux-mêmes. C'est souvent l'occasion de faire un brin de causette, car, comme lui avait dit sœur Sylvie le premier jour : « Une des principales préoccupations de l'infirmière doit être de distraire ceux qu'elle panse ».

Isadora aime quand elle est allongée, couchée, sa tête contre l'épaule de son Céladon, la toge un peu relevée, laissant entrapercevoir son mont de Vénus, étendue sur la douce chaleur de son amant. Elle aime ces délicieux instants interminablement, vide et calme, où les mains caressantes d'André courent sur son corps pour mieux la saisir d'une animalité rageuse, l'absorbant à pleins bras, l'étreignant pour se mêler à elle, tel Himéros dans ses désirs les plus subtils. Mais elle sait que tout est provisoire dans le ravissement de ces éternelles étreintes, elles sont comme l'amour, l'art et la mort, inéluctablement et brutalement éphémères.

Entre deux étreintes passionnelles, qui éclaircissent son cerveau momentanément, et sa sincère et complète abnégation aux patients de l'hôpital, Isadora semble se reconstruire, sans jamais se reposer, revivant et oubliant l'horreur de la guerre à travers ses insatiables désirs d'André. Mais, même si elle offre entièrement son corps à la passion, elle sent instinctivement que, sous les ardents sentiments d'André, se cache un combat, un secret dont il est esclave et qu'il n'a pas la force de lui avouer. Elle a beau tenté de le questionner sur sa vie d'avant, il refuse de répondre à ses questions, comme s'il avait peur de confier une faiblesse inavouable.

Une nuit, elle lui demande, pour la énième fois, pourquoi il avait refusé de venir la voir à ses premières demandes. Comme à chaque fois, il s'emmure dans le silence et lui lance un regard d'une telle douleur, qu'elle y aperçoit une tragédie se glisser dans ses yeux, la suppliant de ne poursuivre sur le sujet.

— L'amour est la nourriture de notre cœur, il est indispensable à notre vie présente, indispensable, indispensable… Je t'aimerais tant que tu oublieras…

— Oublier quoi ?

Alors il se tait et lui fait l'amour, encore et encore, comme pour tuer son secret dans ses entrailles.

Dans la nuit du 26 octobre, arrive des lignes de l'Yser de nombreux blessés, dont une partie est dirigé vers le casino. Deux brancardiers, transportant un tirailleur sénégalais, se dirigent dans le secteur d'André.

— On le pose où le nègre ? demande l'un d'eux à André.

— Mettez cet homme là-bas ! dit-il en désignant le seul lit vide sur les seize dont Isadora à la charge. Puis, le blessé allongé sur le lit, André chante pouilles aux deux brancardiers.

— Vous êtes la honte de notre armée, pire que les boches ! D'avoir traité ce valeureux soldat de « nègre » est une honte. La nation est une famille et ces braves, qui viennent de la lointaine Afrique, sont nos frères d'armes et de sang ! Je ne peux tolérer les gens qui se trompent d'ennemi en insultant ceux qui nous permettrons de vaincre !... J'exige du respect pour mes patients, quelle que soit leur nationalité, peu importe leur couleur de peau, je veux le plus total respect pour ces braves qui reviennent des combats et qui ont fièrement défendu le drapeau français.

Les brancardiers s'apprêtent à s'éclipser piteusement lorsque André surenchérit :

— Je ne vous ai pas dit de rompre les rangs ! Je n'en ai pas fini avec vous ! J'attends vos noms et matricules. Je vais vous faire quitter cette planque, je vais vous envoyer sur le front, là où la mort fauche les hommes et où sa rouge crémaillère va s'accrocher à vos talons.

Lorsque les deux hommes s'éloignent, atterrés par cette fracassante punition, André étreint Isadora ahurie.

— Ma colère est ma façon de refuser l'inacceptable, dit-il en embrassant les mains d'Isadora stupéfaite de l'avoir vu pour la première fois en colère. Allons voir ce vaillant soldat.

Puis, avec l'aidé de sa maîtresse, André enlève l'énorme pansement de la cuisse droite du tirailleur qui pousse des cris lamentables. André fait une grimace à la vue des blessures du pauvre homme : un éclat d'obus a traversé sa cuisse et, mal nettoyée durant le transfert, la blessure s'est infectée.

— C'est une gangrène gazeuse. L'os est cassé et le pus coule à flots. Je dois l'opérer tout de suite et l'amputer, mais j'ai bien peur que cela soit trop tard... Zaza, s'il te plaît, va demander à ce qu'on me prépare une table d'opération.

— Pas la jambe ! Pas la jambe ! se met à crier l'homme. Pas la jambe. Vous allez me tuer, je serais banni de mon village...

André parvient à le calmer et le fait porter en salle d'opération. L'aide-anesthésiste utilise alors le mélange éther-chloroforme à l'aide d'un masque d'Ombrédanne. L'opération dure deux heures. André incise la peau et dégage les muscles protégeant le fémur et ensuite, à l'aide d'une scie chirurgicale, découpe l'os. André protège ensuite le bout d'os coupé par les muscles de la cuisse et suture la peau.


Isadora est le premier visage que voit ce jeune et fort tirailleur, en se réveillant.

— Bonjour ! lui sourit Isadora qui lui tient la main lorsqu'il ouvre les yeux.

Sa peau d'ébène est couverte d'un voile de transpiration, la sueur perle sur son front. Sa figure pleine d'humanité a celle de la souffrance et de la dignité. Avec son regard fataliste et son sourire aux dents éclatantes, il émane de cet homme une générosité, une sympathie et une simplicité incroyable.

— Je t'aime beaucoup madame Zaza, lui dit-il avec son accent wolof[27].

— Zaza ?

— Ce n'est pas ainsi que t'appelles le coupeur de jambe ?

---

[27]   le wolof est une langue parlée au Sénégal et en Mauritanie.

Isadora éclate de rire et lui prend l'autre main.

— Tu as raison, mon ami ! le tutoie-t-elle aussi, sachant, grâce à ses nombreux voyages, que le tutoiement est la seule règle de son pays pour toute relation avec une personne que l'on ne connaît pas. Quel est ton nom ?

— Ousmane Diadhiou !

— Comment te sens-tu Ousmane ?

— Je souffre, mais tu as le rire qui rend heureux, madame Zaza ! Tu ne sembles pas être comme ces ignorants des tranchées qui croient que je suis né dans un pays où l'on mange des hommes !

— La bienveillance est, par excellence, la vertu d'une amie, Ousmane, lui répond Isadora dans un sourire.

— Ton rire est doux, mais que de ténèbres dans ton regard !... reprend-il en lui serrant la main plus fort.


Isadora eut, les jours suivants, une étrange fascination pour son nouvel ami Ousmane. Au fils des soins, elle apprend qu'il est le fils d'un soufi qui enseigne et conseille les fidèles à bien connaître le Coran et qui a le pouvoir de guérir les maladies, de garantir le salut des fidèles.

— À mon retour, j'aurai dû recevoir cette fonction de mon père, mais je vais mourir, je le sais...

— Un peu sorcier alors ? questionne maladroitement Isadora.

Le regard d'Ousmane se fâche.

— Madame Zaza ! Tu me déçois ! Au village, on a de l'égard pour la sagesse des soufis.

— Si ton père est si important dans ton village, pourquoi es-tu venu faire la guerre ?

— Madame Zaza ! Tu es aussi belle que naïve ! s'esclaffe-t-il. Les indigènes de race noire d'Afrique comme moi n'ont rien à dire ! J'ai été réquisitionné, comme on réquisitionne les chevaux dans vos campagnes !

Au fils de leur rencontre, quand sa souffrance lui donne un répit, Ousmane lui conte sa vie, ses heures de solitude depuis qu'il est chair à canon en Europe. Mais sa plus grande préoccupation n'est pas la maladie qui le ronge peu à peu, mais Isadora.

— Cette guerre a brisé ma vie, détruit tout bonheur possible, pleure douloureusement Ousmane... Mais c'était écrit ! Vois-tu, madame Zaza, je sais maintenant que je ne retournerai jamais au pays, mais je ne peux pas partir, pas en te sachant condamnée à l'éternelle misère, à l'éternel désespoir, à l'éternelle solitude du deuil. Madame Zaza, tu es la seule amie que j'ai eu ici. Comme on dit chez nous, l'amitié est la plus étroite des parentés et la parenté du jour surpasse la parenté de la nuit !

— La parenté de la nuit ?

— L'amour ! précise Ousmane dans un petit rire qui provoque une nouvelle quinte de toux, une petite toux d'agonisant. Tu es une *Yumboe*[28],

---

[28]  les Yumboes sont des êtres surnaturels dans la mythologie des Wolofs. Cela signifie littéralement les « bonnes personnes ».

laisse-moi t'aider à affronter tes démons, laisse-moi éclairer chaque ombre à ton âme. Dis-moi comment la mort a pris tes enfants !

— Comment le sais-tu ?

— C'est écrit dans tes yeux.

Isadora se met à trembler, troublée. Il lui emprisonne les mains dans les siennes.

— Dis-moi ce que tu te reproches, raconte-moi, parle-toi !

Alors, fixant du regard ses mains noires qui emprisonnent les siennes, sur le ton de confidence, elle se lance dans une poignante confession.

— Je construisais pierre par pierre mon bonheur, mais je souffrais continuellement d'une étrange oppression, commence à se confier Isadora. Tout a commencé une nuit, au Trocadéro. Je répétais ma danse de *La marche funèbre* de Chopin quand je sentis sur mon front un souffle glacé et une forte odeur de fleurs funéraires. La belle figure blanche de ma petite Deirdre me regardait danser quand, tout à coup, elle se mit à pleurer, comme si son petit cœur allait se briser : « Oh ! Maman ! Pourquoi es-tu si triste et désolée ? », cria-t-elle. C'était la première note du prélude de la tragédie qui devait mettre fin à tous les espoirs d'une vie naturelle et joyeuse pour moi. Vois-tu, mon ami, y a des chagrins qui tuent, car même si le corps peut traîner son chemin fatigué sur terre, son esprit est écrasé, pour toujours.

Soudain, son regard croise celui d'Ousmane qui semble suivre le sentier tortueux de son âme.

— Continue, il y a des cicatrices qui saignent encore plus que les plaies elles-mêmes, ouvre celles de ta mémoire.

— Alors une chose singulière est arrivée. La veille, quelqu'un, dont je n'ai jamais connu l'identité, m'avait envoyé deux exemplaires magnifiquement reliés des *Rythmes oubliés* de Barbey d'Aurevilly. Le lendemain, j'ai tendu la main et pris un de ces volumes de la table à côté de moi. J'étais sur le point de sermonner Patrick afin qu'il fasse moins de bruit quand, en ouvrant le livre au hasard, mon regard est tombé sur le poème *Niobé* qui me hante encore : « Belle, et mère d'enfants dignes de toi, tu souriais quand on te parlait de l'Olympe. Pour te punir, les flèches des Dieux atteignirent les têtes dévouées de tes enfants, que ne protégea pas ton sein découvert. ». Alors que la gouvernante grondait doucement Patrick de ne pas m'ennuyer, une pensée sombre m'est venue brusquement : comme ma vie serait vide et sombre sans mes enfants, plus que mon art et mille fois plus que l'amour d'un homme, ils remplissaient ma vie avec bonheur. Puis, je me replongeais dans ma lecture : « Quand il ne resta plus de poitrine à percer que la tienne, tu la tournas avidement du côté d'où venaient les coups… Et tu attendis ! Mais en vain, noble et malheureuse femme ! L'arc des Dieux était détendu et se jouait de toi. Tu attendis ainsi, — toute la vie, — dans un désespoir tranquille et sombrement contenu. Tu n'avais pas jeté les cris familiers aux poitrines humaines. Tu devins inerte, et l'on raconte que tu fus changée en rocher pour exprimer l'inflexibilité de ton cœur... »... J'ai refermé le livre brusquement, une peur soudaine au ventre. J'ai appelé mes enfants, ouvert mes bras et les aient refermés sur eux, en larmes, sentant de nouveau ce souffle glacé et cette entêtante odeur de fleurs funéraires.

Elle a envie de se taire, de s'étendre dans une larme, mais le regard envoûtant d'Ousmane l'en empêche.

— Je me souviens de chaque mot et de chaque geste de ce matin-là, reprend-elle d'un ton monocorde. Combien de fois, lors de mes nuits sans sommeil, j'ai revécu chaque moment de ce matin-là, me demandant désespérément pourquoi je n'ai pas vu dans la lecture de *Niobé* un avertissement. C'était un matin doux, où les arbres arborent leurs premières fleurs. J'étais gaie avec ces premiers jours de printemps agréables et à la vue de mes enfants, une si grande émotion de joie s'empara de moi que j'ai soudain sauté hors du lit et commencé à danser avec mes enfants dans une cascade de rire. Soudain, le téléphone a sonné, c'était Lohengrin qui, après quatre mois d'absence, se proposait de passer la journée avec moi et les enfants. Mes pauvres, fragiles et beaux enfants, si j'avais su ce jour-là ce qu'un cruel destin allait les trouver... Puis la gouvernante m'a dit : « Madame, je pense que ça va pleuvoir, peut-être qu'ils devraient rester ici ? » Combien de fois, comme dans un cauchemar horrible, j'ai entendu son avertissement et maudit mon inconscience de ne pas l'avoir écouté. Mais, égoïstement, je savais que lorsque Lohengrin voyait Patrick, ainsi que Deirdre, qu'il aimait tendrement, il oubliait tous ses sentiments personnels contre moi et je rêvais que notre amour pourrait renaître. Nous avons eu un déjeuner très gai dans un restaurant italien, où nous avons mangé beaucoup spaghetti, bu du Chianti et parlé de l'avenir de l'école merveilleuse que Lohengrin voulait m'offrir. Quand le déjeuner fut terminé, Lohengrin proposa d'aller au Salon des Humoristes. Mais j'avais une répétition, de sorte que Lohengrin parti seul, tandis que moi, avec les enfants et la gouvernante, sommes partis vers Versailles. Quand nous étions devant la porte de mon studio de répétition, j'ai demandé à la gouvernante si elle voulait y entrer avec les enfants et attendre. « Non madame, je pense que nous ferions mieux de rentrer à Neuilly. Les petits ont besoin de repos. ». Je les ai embrassés et rassurés que j'allais revenir bientôt. Alors, Deirdre posa ses lèvres contre la vitre. Je me suis penché vers l'avant et embrassé le verre à l'endroit où ses lèvres étaient à ce moment-là. Le verre froid m'a donné une impression étrange. Je suis entrée dans mon grand studio, il n'était pas encore temps pour la répétition. Je suis montée dans mon appartement où je me suis jetée sur le canapé. Il y avait des fleurs et une boîte de bonbons que quelqu'un m'avait envoyée. J'étais à cet instant très heureuse, peut-être la femme la plus heureuse du monde. Mon art, le succès, la fortune, l'amour, mais surtout mes beaux enfants me comblaient. Surtout, qu'après m'avoir quitté sur un malentendu, Lohengrin allait me revenir, tout allait bien... Soudain, un cri étrange m'a sortie de ma rêverie, j'ai tourné la tête et j'ai vu Lohengrin titubant comme un homme ivre, tomber à mes genoux et murmurer, douloureusement, « Les enfants ! Les enfants sont morts ! »

Les larmes aux yeux, Ousmane lui embrasse les mains.

— Tu n'a rien à te reprocher madame Zaza. L'esprit ne connaît pas l'heure du destin ni le sort à venir.

Le 28 octobre, Ousmane agonise et demande après Isadora.

— Mon heure arrive, mais je n'ai pas peur : la mort ne peux rien contre une âme immortelle. Mais ma peur est pour toi, madame Zaza, je ne peux quitter ce monde en laissant mon amie seule face à tes démons. Donne-moi mon *téré*, là, dans mon paquetage.

— Ton quoi ?

— Mon gri-gri, là ! dit-il en désignant une sorte de queue de vache qui dépasse de son maigre barda.

Alors qu'Isadora lui tend son *téré*, Ousmane le refuse d'un mouvement de la tête.

— Il est pour toi, madame Zaza ! Ce talisman va te prémunir contre le mauvais sort, il va te procurer la protection contre le mal et l'attirance du bien. Le savoir entre tes mains me donnera le courage d'affronter la mort sereinement.

Il continue à parler de plus en plus confusément, dans ce qui semble être son dialecte, comme pris de délire. Isadora lui éponge le front en fredonnant *On the Road to Mandalay*, de Kipling et d'Oley Speaks.

Il est 22 heures 45 et cela fait trois jours qu'Isadora veille jour et nuit sur son ami Ousmane, toujours inconscient. Elle souffre de mille tortures de le voir agoniser sans pouvoir le soulager. Elle lui tient la main en lui fredonnant, à voix basse, d'un joli timbre, sa chanson préférée, *In questa a tomba oscura* de Beethoven.

Tout semble s'arrêter autour d'elle. Malades et soignants sont subjugués par sa voix et son expression du visage qui prennent une teinte si tragique qu'il est difficile pour l'auditoire de ne pas pleurer en la regardant. Soudain, Ousmane ouvre les yeux et fait signe à Isadora qu'il veut lui dire quelque chose. Elle colle son oreille près de la bouche de son ami.

— Sois heureuse ! C'est mon heure, je vais rejoindre tes enfants, là, dans ton cœur ! souffle-t-il d'une voix hachée en pointant son doigt sur la poitrine d'Isadora... N'oublie pas, l'homme est le maître de son destin, mais il n'est pas le maître du chemin qui y mène. Ça va être à toi de créer les causes de ton bonheur, toi seule peut le faire.

Isadora se relève, les yeux embués.

— Madame Zaza ! *Ba suba ak jam*[29] madame Zaza ! s'écrie-t-il soudain dans un dernier râle. Son regard jeune et franc prend une profonde expression tragique et meurt, le sourire aux lèvres, serein, en paix.

Alors qu'André s'approche pour constater le décès d'Ousmane, Isadora se lève, se saisit du gri-gri qu'Ousmane lui a légué et se précipite vers le bureau de son amant.

Il est 23 heures. La bataille de l'Yser est terminée.

Isadora pleure silencieusement, assise sur le plancher du bureau, le

---

[29]  ba suba ak jam : à demain dans la paix, en langue wolof.

front sur les genoux. André entre et s'installe auprès de sa maîtresse. Elle se réfugie dans le creux de son épaule. Il passe une main consolatrice sur son corps blanc et souple. La mort révèle l'amour et malgré sa peine, elle se sent attirée par lui, l'enlace et fond sur lui. Ils deviennent cet être étonnant dont Platon parle dans Phèdre, deux moitiés de la même âme.

À cet instant, ce n'est pas un homme faisant l'amour à une femme, c'est la rencontre d'âmes jumelles. Allongée sur le plancher du bureau, elle sent la couverture légère de la chair de son amant, transmuant sa passion terrestre en une extase, d'une étreinte céleste de blanc, en flammes de feu.

André se réajuste et aide Isadora à se relever.
— Tu devrais rentrer à la villa ! Je rentrerai tard, probablement demain matin.

Elle remet ses effets, sa coiffure en ordre, ramasse le *téré* qu'elle serre fort contre son cœur et disparaît sans un mot.

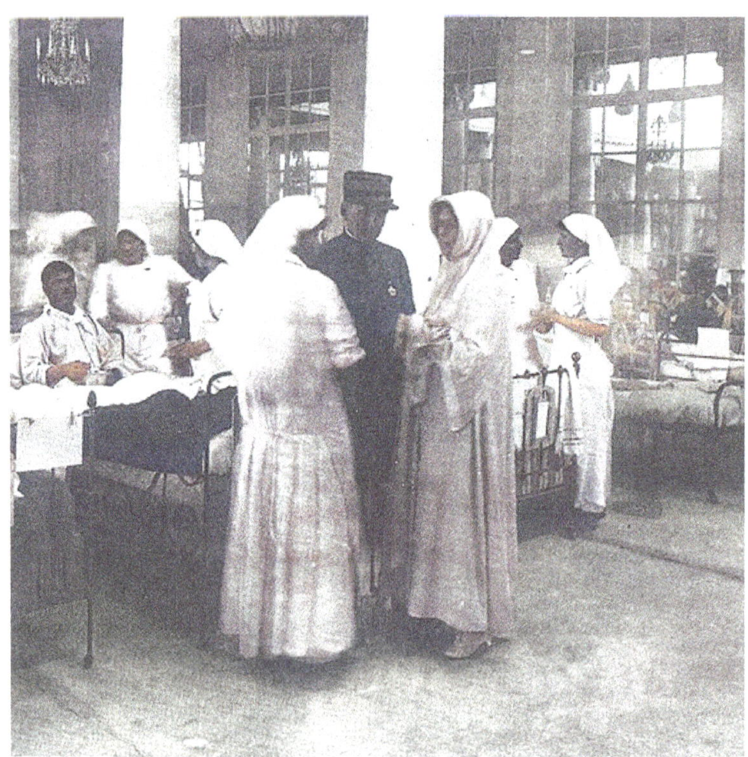

*Isadora à l'hôpital du casino - Vers novembre 1914- crédit D.R*

# Chapitre 12
## Novembre 1914 : révélations

Isadora presse le pas pour rentrer à la villa et, malgré la passion charnelle d'André, l'agonie et la mort d'Ousmane la bouleverse à lui arracher le cœur. Arrivée à la villa, elle s'empare d'une bouteille de champagne qu'elle débouche dans le salon. Le vin s'échappe avec impétuosité et coule sur le parquet, puis, après un bruit de soupir, Isadora s'écroule dans un fauteuil, absente, son verre empli de mousse à la main.

Alors qu'elle assèche la bouteille, une pendule jette dans l'ombre son petit bruit régulier. La coupe lui échappe des mains : cette silencieuse sérénité a fini par l'endormir et elle passe la nuit dans le fauteuil.

Tôt le matin, un agent de liaison de l'armée, arrive devant la villa pour lui remettre un pli, qu'elle ouvre fébrilement :

« Ma douce Zaza,

Je suis désolé, je ne rentrerai que tard dans la journée.

Toute mon âme se consume à t'aimer, tu es mon unique pensée.

ANDRÉ. »

Elle chiffonne le mot de rage et s'empare de la bouteille de champagne pour se resservir un verre. Elle peste de nouveau : celle-ci est vide. Elle va dans la cuisine, s'empare d'une nouvelle bouteille et d'une coupe et, maugréant mieux qu'un vieux diable au fond d'un bénitier, elle grimpe à l'étage afin de prendre un bain pour se détendre et arrêter de réfléchir.

Comme l'ensemble de la villa, la salle de bain n'est que noir et blanc : la baignoire en granit-porcelaine noire, tout comme le lavabo et le bidet. Le carrelage et la faïence murale sont blancs. Elle pose sa bouteille de champagne et la coupe dans le bidet et ouvre les robinets de bronze d'eau chaude et froide de la baignoire. Alors que l'eau coule, elle s'empare du flacon de sels de bain *Clarks* qui, selon la réclame, tonifient et stimulent la peau. Estimant que la fatigue enlaidit les êtres et fige le sourire, elle verse en pluie la totalité du flacon.

Face à la psyché, elle ôte son châle pourpre et laisse glisser sa tunique blanche jusqu'à ses pieds. Le miroir lui renvoie son corps nu, l'image de sa relation à la beauté et à l'amour.

Son terrier rose, son nombril profond, son ventre tendu, ses flancs étroits, sa taille qui s'élargit en descendant vers les hanches, ses seins qui saillent délicatement de sa poitrine sont l'émanation de sa beauté, celle qui a foudroyé tant de soupirants et d'amantes.

À cela, s'ajoute l'image de pureté et d'idéal qu'accentue son corps imberbe. Comme son amie Lucie, Isadora n'aime pas ces abominables fourrures abdominales qu'arborent les femmes entre leurs jambes et qui font ressembler leur sexe à un chou-fleur[30]. Son sexe imberbe matérialise

---

[30] *My Life*, opus cité.

l'appropriation de son bas-ventre et lui permet de choisir et de cultiver ses plaisirs et de clamer que son intimité n'appartient pas intégralement à ses amants ou amantes. Et, comme elle aime à dire, un animal à poil ras semble toujours plus docile à un homme.

Elle trempe une main dans l'eau et la trouve suffisamment chaude. Elle boit une gorgée de champagne, s'installe dans le bain, se savonne et s'allonge dans la spacieuse baignoire.

Perdue dans des pensées érotiques, elle se met à fredonner des airs de *la Chanson de Bilitis*[31] : « ...Et peu à peu, il m'a semblé, tant nos membres étaient confondus, que je devenais toi-même ou que tu entrais en moi comme mon songe... »

Noyée dans un sentiment de bien-être délicieux, une pensée, née de la vapeur du bain, l'amène soudain vers les Isadorables. L'impression d'être une mauvaise mère l'effleure, se trouvant à cet instant indigne du grand avenir qu'elle leur avait promis. Même si elle savoure la jouissance quotidienne de cette passion sans lendemain, son amour pour André, avec son horrible obsession, ne peut que la conduire à la mort ou dans une maison de fous.

Au sortir du bain, elle se sèche avec une serviette de bain en coton peigné et se dirige nue vers sa chambre pour s'habiller. La pièce semble sombre, tant le temps est morose. Elle ouvre la commode et s'habille tranquillement de sa tunique de lin bleue et d'un châle avant de descendre au salon pour lire et écouter de la musique sur son vieux gramophone.

On est dimanche, le 1er novembre, jour de la Toussaint. Isadora se tient à la fenêtre de la villa, laissant son regard errer dans le jardin aménagé à l'arrière de la villa, quand son attention est attirée par deux pierres qu'elle n'avait jamais remarqué auparavant, l'une noire, l'autre blanche.

Est-ce parce que la sonnerie de Toussaint retentit depuis plusieurs minutes dans tout Deauville ? Toujours est-il que cette vision de ces deux pierres, à l'aspect de deux tombes, lui fait pousser un cri de souffrance.

Le cœur battant, elle s'éloigne brusquement de la fenêtre comme si elle avait vu Hadès, le maître des Enfers en personne. Cette apparition lui rappelle les plaques de Deirdre et de Patrick au columbarium du Père-Lachaise et la replonge dans une sensation de souffrance et de mort. Elle panique à l'idée de rester seule toute la journée dans cette villa et se précipite vers la porte d'entrée.

Là, elle enfile un pull et, pour se protéger contre l'eau et le froid, elle revêt un *Tielocken Burberry's* et se coiffe d'un chapeau de petite forme, sans froufrous, offert par André. Elle sort errer sur les plages grises et froides, désertes, illimitées et désolées.

Elle finit par rentrer tard, à la nuit tombante dans cette grande villa

---

[31] *Les Chansons de Bilitis*, poèmes érotiques,  racontent la vie fictive d'une jeune Grecque du VIe siècle av. J.-C. qui aurait vécu sur l'île de Lesbos où elle aurait été rivale de Sapho.

vide. Elle trouve un petit mot glissé sur la console de l'entrée. En reconnaissant l'écriture d'André, elle ouvre fiévreusement l'enveloppe.

« Ma douce Zaza,

Je suis désolé, je ne rentrerai pas ce soir, je dois me rendre à Paris de toute urgence. À demain mon cœur, du moins je l'espère.

ANDRÉ. »

Il lui semble vivre dans le vide absolu, d'habiter, d'emplir et d'animer seule cette maudite villa où cette damnée fenêtre semble la narguer, l'inviter à voir les deux tombes, de se remémorer ses enfants. Elle décide d'aller se coucher en prenant le *téré* avec elle pour qu'il veille sur son sommeil, comme le ferait une bonne étoile.

Le lendemain, jour des morts, elle reste cloîtrée toute la matinée, seule dans sa chambre, apeurée par cette funeste fenêtre. Ravagée par une angoisse terrible de l'attente et se croyant devenir folle, elle regrette d'avoir donné deux jours de congés à Marcelle.

L'attente de son amant devient anxieuse, lui donnant le sentiment qu'elle allait mourir de chagrin et d'ennui. En milieu d'après-midi, Isadora s'habille chaudement et sort pour une longue promenade, sans but, au bord de la mer.

Au même instant, alors qu'elle sort de chez elle, André rédige un télégramme de Paris :

« Ma chérie, affaires terminées. Je rentre ce soir au train dix-sept heures.

ANDRÉ. »

Elle erre le long de la plage, de plus en plus loin, avec une terrible envie de ne jamais revenir à la villa *Black and White* où l'amour et la mort cohabitent avec toutes les formes et tous les monstres de la malédiction.

Elle marche si loin que le crépuscule la surprend, lui faisant réaliser qu'elle devait revenir sur ses pas. La marée monte rapidement, l'obligeant d'avancer à travers les vagues. Soudain, elle éprouve le désir de les affronter et de marcher tout droit dans la mer, pour en finir à jamais de cette détresse intolérable dont elle ne trouve aucune issue, ni dans l'art, ni dans l'amour, ni dans la vie. Dans tous ses efforts pour renaître et échapper à ses chagrins, elle ne trouve que la destruction, l'agonie et la mort.

Alors que la voix d'une cloche vibre au lointain, au milieu des vagues maussades, le cri des mouettes planant sur les lames la sort de sa morbide torpeur. Dans le ciel, les goélands tournoient en poussant leurs cris sauvages et leurs râles semblent des voix du malheur, des cris de trépassés la suppliant de les rejoindre. Subitement, dans la douleur, de cette douleur où l'homme trouve la révélation de sa force, elle prend conscience qu'elle est son propre démon et décide de se battre contre ses humeurs destructrices et, bravement, les vaincs.

Arrivé à la gare de Deauville, André se rend directement rue Victor Hugo où il trouve la villa vide. Inquiet, il décide d'aller à sa rencontre.

Le soleil se couche alors qu'il approche de la plage de Bénerville, d'où il aperçoit, au loin dans les terres, l'église Saint-Christophe. L'inquiétude jette une grande ombre lorsqu'il distingue le chapeau d'Isadora glissant sur la plage, au gré des bises.

Il redoute le pire, la mort d'Ousmane a approfondi ses douleurs et des souhaits d'autodestruction l'effleurent de plus en plus souvent. Il pense aussitôt qu'elle a cherché à mettre fin à sa douleur dans les vagues, l'élément de la mort jeune et belle, celle d'une mort sans orgueil ni vengeance.

Soudain, au bord de l'horizon, il avise une silhouette blanche. Son cœur s'affole. Il se met à courir dans la direction de ce qu'il croit être Isadora. C'est elle ! Il hâte sa course et se jette dans ses bras.

— Isadora ! Isadora ! Tu es vivante ! Quand j'ai vu ton chapeau, j'ai imaginé le pire, dit-il en pleurant comme un enfant.

— Je l'ai laissé tomber dans ma distraction, lui dit-elle simplement en lui jetant ses bras au cou et l'embrassant fougueusement.

Ils rentrent rapidement à la villa et se réconfortent avec animalité l'un et l'autre. Les jours suivants furent plus apaisants pour l'esprit d'Isadora, bien que leur passion fût extrême : corps en prières, serré l'un contre l'autre, les mains, mieux que les bouches, s'unissaient, ils prolongeaient les baisers à perte d'haleine, jusqu'à qu'ils soient vaincus par la fatigue.

Ne trouvant ni l'oubli, ni la paix, ne pouvant s'abandonner davantage sans se perdre, elle estime qu'il est temps pour elle de quitter André et la France.

Augustin et sa sœur Elizabeth lui envoient inlassablement des télégrammes pour qu'elle les rejoigne aux États-Unis. Isadora est à bout d'arguments et ne peut plus se mentir, ni leur mentir. Elle envoie enfin un télégramme :

« Réservation sur la Cunard Line - Doit atteindre New-York, début décembre - Câbler fonds pour les frais et les billets. - Je vous aime. - Isadora. »

Ne pouvant pas se décider à quitter l'hôpital du jour au lendemain, elle se résout de rester jusqu'au dimanche 15 novembre, afin d'avoir le temps de préparer son départ aux États-Unis et de faire ses adieux à André. Mais comment peut-on se dire adieu quand on s'aime autant ?

Malgré les restrictions de guerre, le lundi 13 novembre, elle recevra son argent par câble.

Les prévisions climatiques, pour la traversée de l'Atlantique des prochains jours, annoncent des températures très basses, sans compter que les hivers à New-York sont parfois rudes. C'est pour cela qu'elle avait aussi envoyé un télégramme et de l'argent à son amie et voisine, mademoiselle Janssen, afin qu'elle se charge de faire expédier à New-York ses malles de voyage, entreposées dans un des greniers de Bellevue et de lui faire parvenir à Deauville celle qui porte le n°3 contenant des vêtements chauds qui lui seront utiles pour la traversée.

Deux commissionnaires de la gare arrivent à la villa trois jours plus tard, vers les 17 heures. Les deux hommes posent la malle dans le salon et Isadora les gratifie d'un large pourboire.

— Vous êtes bien généreuse, ma brave dame ! dit celui qui semble être le chef.

Toutes les malles qui l'accompagnent dans ses voyages ou tournées, sont numérotées par un papier collé sur l'un des côtés : n°1 pour ses robes de spectacle, la n°2 pour ses robes d'intérieur, la n°3 pour les vêtements d'hiver, etc. En réceptionnant celle-ci, elle ne remarque pas qu'elle n'a aucun numéro.

Elle se penche devant la malle et s'agenouille pour l'ouvrir. Elle pousse un cri d'effroi, un cri d'horreur quand elle aperçoit le contenu : c'est des vêtements de Deirdre et Patrick qu'elle avait rassemblé dans une malle après leurs obsèques. Au-dessus, en évidence, les petites robes, leurs manteaux, les chaussures et les petits bonnets qu'ils portaient le jour de leurs morts. Son cri est le même qu'elle avait poussé lorsqu'elle les avait vus gisants, mort.

Ce long et gémissant cri assourdissant résonne de longues minutes dans la villa vide. Elle ne reconnaît pas sa propre voix, devenue celle d'un animal cruellement blessé à mort.


Rentrant plus tôt que d'habitude, André la trouve dans le salon, inconsciente. Il ramasse tous les petits vêtements qu'Isadora a éparpillés tout autour de la malle pour les remettre dans le coffre ouvert et l'emporte loin d'elle.

Il se précipite dans la chambre prendre un flacon de sels pour la réanimer. Elle s'éveille peu à peu, comme au sortir d'un mauvais rêve, affolée, ses yeux recherchant, pour mieux la fuir, cette torturante malle.

Elle s'anime, le cœur encore défaillant. André la saisit dans ses bras et la porte jusque dans sa chambre pour l'allonger sur le lit. Là, il l'aide à se déshabiller complètement et la glisse sous les couvertures sans prononcer une parole. Elle reprend sa raison et s'empare de la main chaude de son amant.

Il s'assoit sur le rebord du lit, met sa joue contre la sienne et lui parle à l'oreille tendrement.

— Ah ! Que je t'aime ! dit-il en effleurant du bout de ses doigts tremblants son visage. Rassure-toi, tout va bien, je suis là. Je devine ta peine.

Puis André ferme les rideaux de la chambre, se déshabille et se couche dans la chaleur tiède du lit. Isadora se blottit contre lui, dans le coussin tendre de ses bras. Ses yeux, de peur de pleurer, se ferment et elle s'endort.


La nuit s'écoule, troublée seulement par le tic-tac de la pendule posée sur la cheminée. L'étrange sensation d'être observé l'éveille. Elle ouvre les yeux. André, allongé sur le côté, appuyé sur un coude et la tête abandonnée dans la main, est là, penché sur elle. Son regard rencontre cette poitrine virile et remonte sur son étrange profil. Elle sent son souffle chaud contre son visage.

Malgré la semi-pénombre, elle lit le désespoir dans ses yeux. Ce regard est terrible pour elle. Elle ne veut pas souffrir plus longtemps du secret de son amant. Elle baisse les yeux avec un frisson.

— Dis-moi qui tu es ! Je ne peux plus supporter ce sinistre mystère qui est en toi.

Il la fixe comme pour lire ses pensées.

— Tu ne me reconnais vraiment pas ? lui demande-t-il presque suppliant. Voici tant de nuits que tu essayes en vain d'échapper au souvenir, le souvenir de tes êtres chers...

Elle l'observe intensément, réfléchis et soudain, le brouillard se dissipe brutalement. Isadora pousse un cri : elle se souvient...

— Neuilly... L'accident... murmure-t-elle.

Les souvenirs au parfum sec l'envahissent.

... Elle installait ses enfants dans la voiture, leur disait au revoir. Dans un geste de tendresse ingénue, Patrick, le petit garçon, se penchait à la portière pour recevoir un baiser, le dernier de sa maman et, la portière refermée, Deirdre posait ses lèvres contre la vitre.

Elle se souvient de ce mauvais jour où un homme est venu à elle pour lui donner de l'espoir. Le regard d'Isadora lui fait comprendre qu'elle vient de le reconnaître.

— Maintenant, tu sais ! souffle-t-il, délivré de ce lourd secret. Tu sais ce que je souffre ! Quand tu dormais, je te regardais, je pleurais...

— Oui, je me souviens... répond-elle, anéantie, les yeux dans le vague. Tu m'as menti... Comment as-tu pu m'aimer dans le mensonge et dans la trahison ?

Elle reste immobile, sur le dos, les yeux brûlés par les larmes. Quand elle le regarde, elle est partagée entre le soulagement, un repos, une tranquillité subite et la douleur intérieure, lancinante, comme pour rejeter d'elle cette révélation.

— Pardonne-moi, je suis indigne de toi, mais je t'aime de tout mon cœur. J'essayai de te consoler, de te soutenir... Mais en vain.

— Mais pourquoi ? Pourquoi ? adjure Isadora d'un air incrédule, déchirée entre la rancœur et l'amour.

André demeure immobile, passe une main dans sa barbe et, après quelques minutes de réflexion, commence son récit.

— Ce jour-là, quand j'ai vu l'automobile plonger dans l'eau jaunâtre et boueuse de la Seine, je me dirigeais vers la rue Chauveau pour me rendre à mon travail. Quand on dégagea les trois corps de la voiture, on retira tout d'abord le cadavre de la gouvernante, puis celui de ta petite fille, Deirdre. En soulevant le corps du petit Patrick, je m'aperçus qu'il faisait un mouvement... Alors, je me suis empressé de lui prodiguer les soins les plus dévoués. Je te jure sur ce que j'ai de plus sacré, j'ai tenté l'impossible. Mais mes tentatives ont été vaines. J'ai essayé si fort de le sauver... Pendant des longues minutes qui m'ont paru des heures... Je me suis efforcé de lui donner mon souffle à travers sa pauvre petite bouche pour lui donner la vie !

André se tait, fort ému. Il voulait se confesser, avec des mots justes, sans la brusquer. Le temps semble suspendu, comme l'est Isadora aux lèvres de son amant. Il revient sur ses souvenirs.

— Une ambulance transporta les trois corps à l'hôpital Américain où j'exerce comme chirurgien, gémit-il, les yeux fixés sur le néant. Quand je suis sorti de l'hôpital, je comptais rentrer chez moi, toujours bouleversé par la mort de ce petit garçon que je n'avais pu sauver. J'ignore pourquoi, mais comme ta maison était sur mon chemin, je me suis cru obligé de venir te rencontrer, pour te parler de la mort de tes enfants. Mais quand je suis entré, tu ne voulais pas concevoir ce qui était arrivé, tu reniais la terrible vérité.

— L'homme à la barbe sombre, celui qui m'a dit qu'il était médecin, murmure Isadora qui retrouve le souvenir de ces douloureux instants. Tu m'as dit qu'il était faux qu'ils soient morts, tu m'as même dit que tu allais les sauver... Pourquoi ai-je oublié, pourquoi je ne me souviens pas de toi ?

— Tu souffrais jusqu'à maintenant d'une amnésie psychogène, répond-il machinalement en professionnel. Tu dois comprendre, ton frère Augustin avait peur que tu accomplisses quelques gestes désespérés. Il m'a supplié de te rassurer. Alors, je t'ai menti et tu as accepté mes mensonges et de subir des piqûres pour te calmer et dormir. Elles avaient pour but de t'empêcher de commettre l'irréparable. Ton frère, moi t'avons veillés toute la nuit. Je ne me pardonne pas de t'avoir menti pour te faire croire et espérer.

Un long silence s'installe.

— Isadora, quoi que tu en dises, quoi que tu en penses, c'est pour ton bien que je me suis tu. Je te jure que je ne voulais pas te rendre malheureuse... Voilà, j'ai dénudé mon cœur, conclut-il.

Chaque parole de son amant a été violente, terrible pour Isadora. Ces mots l'ont bouleversé et déchiré, mais ils ont effacé sa douleur impuissante, fait disparaître ces horribles sensations d'un irrémédiable malheur.

« [...] J'ai compris, après ces jours difficiles et ces nuits piteuses, que cet homme étrange, à la fois pathétique et féroce, avait besoin d'amour, de passion et de pardon. Ces étreintes ardentes et ces heures de plaisir insensé ont permis à mon corps d'émerger, d'exulter, de sorte que maintenant, je peux aller me promener au bord de la mer, sereine, délivrée. [...] », écrit-elle le lendemain à sa sœur Elizabeth[32].

---

[32]  Isadora Duncan, opus cité.

*Isadora Duncan - Camera Work* n° 42/43, avril-juillet 1913, Édouard Jean Steichen.

# Chapitre 13
## Fin novembre 1914 : le chant du cygne

En ce 20 novembre, veille de son départ, Isadora a terminé ses derniers préparatifs et a fait expédier ses bagages au port d'Honfleur par l'entreprise de transport Frémont de Trouville, ne gardant pour le voyage jusqu'à Liverpool qu'une simple valise.

André souhaite se séparer d'elle, sans peine, ni regret, mais avec le secret espoir de l'aimer jusqu'à la dernière minute. C'est ainsi qu'il a insisté pour l'accompagner jusqu'à Liverpool. C'est donc avec une certaine duplicité, mais un réel plaisir, qu'il a persisté à lui payer son voyage jusqu'à New-York.

Ils arrivent bras dessus, bras dessous à la gare Deauville, située le long du fleuve Touques, pour prendre le train de huit heures. La gare est pleine de soldats anglais partant, pour la plupart d'entre eux, en permission. Les wagons s'emplissent de marchandise humaine et le convoi commence son périple avec lenteur à travers les campagnes et les villages augerons pour terminer sa course à la gare terminus d'Honfleur, dans le quartier du Port.

André porte sa valise et celle d'Isadora et c'est à pied que le couple se dirige jusqu'au quai de la Quarantaine où le *Turretthil*, de la South-Western, est amarré. Après avoir déposé les deux valises à la consigne de la compagnie maritime, ils se décident à visiter Honfleur, même si celle-ci est devenue, depuis le début de ce mois de novembre, une ville de garnison de l'armée belge et a perdu beaucoup de son calme d'avant-guerre.

On est samedi et le soleil est resplendissant en ce jour du marché. Après avoir entrevu l'élégance pittoresque des vieilles demeures de pêcheurs du vieux bassin à travers le bruit des grelots des attelages et des Honfleurais endimanchés, ils débouchent place Sainte-Catherine où raisonne le tintement des poids jetés dans les plateaux des balances et les marchandages mesquins entre les chalands et marchands. Les narines d'Isadora découvrent des senteurs de terre et de mer et ses yeux redécouvre les couleurs de la vie simple. Ils font une halte gourmande dans un petit café où se tient, devant les tables de la terrasse, un marchand d'huître et où Isadora dénote un peu avec son élégance mondaine, éclatante comme un bouquet de feu d'artifice avec ses rubans de chapeau éclatants. André lui fait redécouvrir alors la joie simple d'être assis à la terrasse d'un caboulot à déguster une douzaine d'huîtres avec un simple muscadet, à écouter le simple brouhaha de la vie.

Puis, leur déambulation les mène devant un restaurant de rue de la République. Malgré l'affluence due au marché, toutes les tables ne sont pas occupées dans l'établissement. La patronne, madame Drolon, accueillent avec une ferveur commerciale hors du commun ce couple si bien mis. Cette brave femme semble même outrée lorsque Isadora lui demande ingénument s'il y a au menu des produits de la mer dont elle veut se rassasier.

— Mais ma bonne dame ! On est en pleine période des Saint-Jacques, du calmar, du grondin pelron, du congre ! Penser bien que mon mari a ramené toutes ces fraîcheurs du port !

Et après avoir vanté l'infaillibilité culinaire de son époux et de ses plats, le couple accepte de prendre le couvert. Ils passent la salle du bar, la grande salle et la salle de billard et la serveuse les installe rapidement à une table dans le calme de la salle réservée à la « bonne clientèle », de celle qui a des sous, et leur propose un menu on ne peut plus maritime.

La serveuse, une charmante noiraude, est tout aussi élogieuse sur les talents de maître-queux de son patron et les convaincs de débuter le repas par des Saint-Jacques au cidre, puis d'un filet de sole à la normande, avec sa garniture de crevettes et de moules dans une sauce à la crème, de poursuivre avec une cocotte de congre au cidre et de terminer avec une teurgoule et d'arroser le tout avec un anjou du Val de Loire et un chablis grand-cru, mais Isadora reste inflexible concernant le vin.

— Pour moi, cela sera du champagne, du Moët et Chandon de préférence.

— Tu vas reprendre ta vie avec Singer ? demande André à Isadora une fois qu'ils sont seuls.

Isadora ne décèle aucun sentiment de jalousie dans sa question, mais plutôt une sincère préoccupation, comme si seul l'amour d'un homme pouvait garder Isadora vivante. Elle lui sourit et lui prend la main, comme pour le rassurer.

— Mon Dieu ! Non ! Même si Lohengrin est toujours là pour moi, notre amour s'est fini en amitié. Dorénavant, avec lui, je sais mieux faire l'amitié que l'amour.

Elle fait une pause, le temps que la servante dépose l'apéritif, commandé par André, et les petites crevettes grises en guise d'amuse-gueule.

— C'est la jalousie qui a horrifié notre amour, reprend Isadora au départ de la jeune fille. Il y a deux ans, un jour où le champagne coulait à flots, je me suis retrouvée assise sur un divan avec mon grand ami Henri Bataille, le poète. Bien que je le considère comme un frère, ce soir-là, j'étais comme une chatte en chaleur. Soudain, Lohengrin a surgi et l'image de Bataille et moi sur le divan a fait surgir sa tendance naturelle à la jalousie qui était née avec la naissance de notre fils Patrick. Furieux, il a commencé à apostropher mes invités et me dit qu'il me quittait définitivement. Cela jeta un froid sur mes invités et bien que j'ai plaidé de mon innocence, je ne l'ai pas convaincu et il a juré de ne plus jamais me revoir. Je l'ai supplié, en vain. Deux jours plus tard, j'ai entendu dire que Lohengrin allait en Égypte. Je ne l'ai revu que quatre mois après, le jour de la mort de mes enfants.

La serveuse revient à la table de ce qui lui semble être des amants, tellement qu'ils ne se quittent pas des yeux et demande si elle peut commencer à servir le repas. Le couple dit que oui et, dès que la serveuse s'éloigne, reprend sa conversation.

— Tu n'as jamais songé à te marier avec lui ?

— Un été, il s'était mis dans la tête que nous devrions nous marier, j'ai bien protesté que j'étais contre le mariage : « comment un artiste serait assez stupide pour se marier, lui ai-je dit, comme je dois passer ma vie à faire des tours autour du monde, comment pourriez-vous passer votre vie dans les coulisses pour m'admirer ? ». Il balaya mon avis d'un mot et décréta que nous devrions passer notre temps dans sa demeure du Devonshire, pour essayer la vie commune.

— Donc, tu as accepté ce voisinage amoureux !

— Oui, bien que je susse que nous courions à l'échec. Nous sommes allés dans son merveilleux château de Devonshire, où il y a de nombreuses chambres, salles de bains et suites, tout était à ma disposition, que ce soient les quatorze voitures dans le garage ou le yacht dans son port privé. Mais il n'avait pas compté sur la pluie. Il pleut toute la journée durant un été anglais ! rit Isadora. Et ce qui devait arriver, arriva : pour tromper mon désœuvrement, et malgré le fait que je le trouvais physiquement répugnant, j'ai fini par coucher avec André Caplet, le pianiste avec qui je travaillais mon prochain spectacle. Ainsi, à l'automne, je suis repartie pour l'Amérique pour une série de spectacles avec Walter Damrosch et pris la décision de consacrer ma vie entière à l'art. Je ne suis pas faite pour le mariage et la vie de couple.

— Et pourtant, tu l'aimes toujours me semble-t-il ? constate simplement André.

— Oui ! avoue-t-elle après un long silence. Lohengrin est très aimable et charmant avec les Isadorables, soucieux du confort de chacun. Son dévouement est élément de confiance et de gratitude entre nous. Avant, je l'adorais d'une manière presque spirituelle, mais, maintenant, je le considère simplement comme mon généreux chevalier au cygne. C'est pour cela que je l'ai surnommé Lohengrin. Comme le Lohengrin du roman Parzival[33], il est à la recherche lui aussi du Graal qu'il ne trouvera jamais : la femme idéale... Il a compris que j'aime trop ma liberté pour être idéale...

Isadora et André quittent le restaurant et rejoignent les quais tranquillement. À quelques pas de l'embarcadère, un groupe d'enfants s'agitent et rient énormément en faisant des ricochets dans l'eau sous les yeux distraits de marins fumant leur pipe sous le soleil pâle de novembre.

Après des formalités douanières succinctes et des formalités d'embarquement, ils arrivent au pied de la passerelle du transmanche *Turretthil*. Le capitaine, un homme grand, maigre, à longs favoris, se promène sur le pont d'un air important, comme s'il eut commandé le *His Majesty's Yacht Britannia* du roi George V.

Le bateau est couvert de monde, pour l'essentiel des soldats anglais, qui viennent de sortir d'une sorte d'état de sauvagerie et qui vont tenter de se retaper durant les quelques jours au sein de leur famille.

— *Cast of !* hurle le capitaine dans son porte-voix.

---

[33]  Lohengrin est un personnage de la littérature médiévale germanique, appartenant à la légende arthurienne.

Les aussières sont détachées par les lamaneurs du quai et par les marins du navire. Un dernier coup de sifflet annonce le départ et, aussitôt, un frémissement secoue le corps entier du navire, tandis qu'on entend un bruit d'eau remuée par l'hélice.

Le capitaine, debout sur sa passerelle, crie dans le chadburn pour commander le départ du navire. L'hélice se met à battre la mer avec rapidité et le bâtiment file le long de la jetée, couverte de monde. Des gens sur le bateau agitent leurs mouchoirs, comme s'ils partaient pour l'Amérique, et les amis restés à terre répondent de la même façon. Le *Turretthil* suit l'alignement durant quelques minutes avant d'entrer en pleine mer. Jetant sur le ciel un gros serpent de fumée noire derrière lui, le lourd bâtiment glisse sur la surface des flots moutonnant, les agitant par son passage rapide et les battements de son hélice.

Isadora entraîne André par la main dans les entrailles du navire où se trouvent des petits salons privés, où l'on peut dîner en tête-à-tête, entre autres. Un steward s'approche d'eux et les installe dans cet endroit réservé aux premières classes. L'endroit est aménagé en acajou et en velours vert, dans un style Empire américanisé.

— Madame, Monsieur, que désirez-vous ? Cognac, rhum, whisky ou porto ? demande le steward en proposant un cigare à André.

— Une bouteille champagne, répond Isadora.

Isadora entame une conversation anodine, accrochée à tous les lieux communs et pleine de gaieté feinte, ne voulant laisser apparaître à son amant toute la désolation que lui cause sa prochaine solitude de cœur. Mais l'angoisse de cette séparation éminente lui donne le besoin à parler d'amour et de ses éternelles questions.

— Pourquoi j'aime souvent, avec violence, sans trouver un amour sérieux... ? J'aimerais tant savoir si je pourrais être capable d'aimer vraiment une fois ! Mes certitudes sur l'amour s'appuient sur la poésie ou l'art. L'amour, l'amour vrai, le grand amour, ne peut-il tomber qu'une fois sur un mortel ? Regarde, notre amour va laisser nos deux cœurs vidés, ravagés, incendiés.

— Il en est des amoureux comme des ivrognes. Qui a bu boira, qui a aimé, aimera, lui réponds André en se levant pour fermer le petit loquet de la porte du salon où l'éternel mirage de leur passion plane, avec toutes ses illusions. Face à Isadora, il se jette dans ses bras et ils s'abandonnent à ces plaisirs de l'amour qu'ils n'ont cessé de goûter ensemble à satiété. Ils poursuivent leurs regards de leurs scènes adorées et font pénétrer dans leurs veines émues tous les feux du regret et du désir.

Après plus de deux heures de navigation, le navire s'engage dans le magnifique estuaire du Southampton Water, qui débouche sur la Manche, face à l'île de Wight. Une pilotine emmène le pilote, afin qu'il donne les instructions nécessaires de route, de barre et de machine pour la conduite du navire au terminal passager. Le *Turretthil* entame la dernière phase de manœuvre d'accostage au port de Southampton. L'amarrage est accompli à quai par des lamaneurs. Sur le navire, les passagers attendent l'installation de la passerelle d'embarquement.

Les formalités de débarquement du port de Southampton n'ont rien à voir avec celles d'embarquement de celui d'Honfleur. À peine débarqués de leur bateau, les voyageurs sont distribués en différentes classes, certains étant immédiatement autorisés à poursuivre leur parcours, comme Isadora et André, probablement le privilège de l'uniforme. D'autres doivent, au contraire, se conformer à des formalités administratives contraignantes, qui vont du contrôle des passeports, de la fouille des bagages, voire, jusqu'à l'interrogatoire par la police locale.

Ne devant prendre le train pour Liverpool que le lendemain matin, André avait réservé à l'hôtel. André fouille dans ses poches, donne quelque guinée au porteur qui charge les bagages dans le coffre du taxi-cab, pendant qu'Isadora s'installe dans le véhicule.

Le taxi-cab s'arrête au coin de Terminus Terrace et Canute Road, devant le grand bâtiment de six étages, en briques rouges, du *South Western Hotel*, surnommé *The Ritz of Southampton*.

Même si le dogme social qui pèse sur les relations entre femme et homme s'est développé en Angleterre, le puritanisme de l'époque victorienne est encore socialement de rigueur et il est encore mal vu qu'un couple illégitime et non marié occupe la même chambre. Obéissant à cette pudeur qu'il considère inepte, André avait donc réservé deux chambres communicantes afin de ne pas froisser la bienséance britannique. Du hall de l'hôtel, le bagagiste monte les valises du couple dans leur chambre respective.

Après avoir tout rangé et vérifié que leur appartement respectif était conforme à leurs désirs, le couple décide de manger hors de l'hôtel et de se promener dans la ville afin de profiter d'un temps agréable et étrangement beau dans ce pays, en cette saison. Leur flânerie les amène à Southampton Common, l'immense parc au nord du centre-ville de la ville.

Mais, à la grande surprise d'Isadora, qui avait flâné autrefois dans ce parc, elle ne le reconnaît plus. Southampton Common est devenu un grand camp militaire de transit. Une grande partie du parc est occupée par les militaires, situation qui a marqué la fin du golf reconnu depuis longtemps comme l'un des meilleurs de tout le pays. Un grand nombre de tentes et baraquements militaires ont été construites et sont utilisées comme camp de repos pour les troupes se préparant à quitter le pays, via le port de Southampton.

Leur flânocherie dans le parc, parmi cette population militaire, prend fin. Ils estiment qu'il est temps pour eux de trouver un restaurant. C'est alors qu'Isadora aperçoit, dans l'allée de sortie, une petite baraque de Fish and chips. Elle pousse un « Oh ! » de surprise enfantine. Elle prend d'André par le bras et le traîne pratiquement de force devant la petite planche en bois faisant office de comptoir de cette échoppe étroite.

— Cela me rappelle tant mon enfance et de notre première tournée, se met-elle à rire. Ma sœur Elizabeth, mon frère Raymond et moi, nous nous produisions avec notre premier spectacle, une comédie, dans les villes de Santa Clara, Santa Rosa, Santa Barbara... J'avais 17 ans, continue-t-elle pensive. Même si la tournée s'est montrée fructueuse, la pauvreté restait de mise chez les Duncan... Et que n'avons-nous pas manger comme Fish and chips ! Il y a si longtemps que je n'en ai pas mangé ! s'émerveille Isadora.

— Allez-y, m'sieur-dame ! clame le vendeur. C'est l'un des rares aliments que le gouvernement britannique a décidé de préserver l'approvisionnement et n'a pas encore rationné...

— Ma foi ! C'est vrai, je casserai bien une petite croûte sur le pouce ! approuve André.

La dégustation dans un cornet en papier journal garni de morceaux de cabillaud panés, à la fois moelleux et croustillants, et de frites dorées, demande souvent une gestuelle, qui fait fi des manières de table, et permet à Isadora de renouer aux souvenirs sensoriels, celui de toucher la nourriture, de manger avec les doigts, en oubliant les convenances.

Mangeant, plaisantant et riant, ils remontent High Street. En passant devant le pub *Red Lion Inn*, ils entendent chanter « *What shall we do with a drunken sailor, what shall we do with a drunken sailor, what shall we do with a drunken sailor, early in the morning*[34]... »

— *Drunken Sailor* ! La chanson à virer ! s'enthousiasme Isadora le sourire aux lèvres.

— Tu connais ? s'étonne André entendant cette chanson au rythme endiablé.

— Bien sûr ! Qui ne l'a pas entendu dans le port de San-Fransisco ! rit-elle. C'est un air traditionnel irlandais ! Tu oublies que du sang irlandais coule dans mes veines, continue-t-elle. J'ai même dansé dessus pour quelques cents... Entrons, somme-t-elle en poussant André dans le pub.

Ils entrent dans une grande salle à colombages où de braves *sailors* de la Royal Navy chantent à tue-tête dans une salle embuée de bière éventée et de fumée de tabac.

— Qu'est-ce que je vous sers ? demande une grande femme maigre aux cheveux roux et à la voix d'homme.

— Nous prendrons chacun une pinte de bière irlandaise, dit Isadora sans réfléchir.

— En stout, on n'a que de la Guinness.

— Allons-y pour la Guinness !

— Mais, on dirait que tu as passé ta vie dans les pubs ! remarque, amusé André.

— Tu n'as pas dansé au milieu du public hétéroclite du *Masonic Temple* de Chicago, mon doux ami !

— Je dois avouer que non.

---

[34] *Que ferons-nous d'un marin ivre, que ferons-nous d'un marin ivre, que ferons-nous d'un marin ivre, tôt le matin...* Cet air fut repris et popularisé par un très grand nombre d'artistes aux fils des siècles, parmi lesquels Stan Hugill, Ferre Grignard, Noir Désir ou encore Freddie McKay.

— Ah ! Ces années de vaches maigres dans cette salle nue, avec des tables et des chaises, où s'entassaient les gens les plus extraordinaires que je n'ai jamais connu. À chaque fois que je dansais, les spectateurs se ralliaient à mon art en levant leurs chopes de bière et répondant par des acclamations et des chansons...

Au crépuscule, enchanté par cette distrayante soirée imprévue, ils regagnent l'hôtel, par Briton Streat. Mais ils sont néanmoins fatigués par cette longue journée, ils demandent leur clé respective et montent dans leur chambre par l'ascenseur.

Les lèvres tremblantes, André se penche pour embrasser Isadora. Elle le repousse avec douceur.

— Je suis si fatiguée que je vais me coucher, *my beloved darling*, susurre-t-elle en posant un de ces baisers qui font se fermer les yeux, comme s'il pouvait s'en échapper par le regard. Mes mains sentent encore le poisson, et j'empeste la fumée et la bière. Cette journée fut un bonheur André.

Elle l'embrasse tendrement une nouvelle fois, puis elle entre, ferme la porte, troublée par le désir. Adossée à la porte, elle est émue à trembler, le cœur battant : un désir véhément l'envahit des pieds aux cheveux.

Elle traverse sa chambre et se rend dans la salle d'eau pour un bain réparateur.

Au sortir du bain, elle va à la porte communicante, hésite, renonce à ouvrir la porte et se contente de gratter à la porte d'André avec ses ongles.

— Bonsoir, mon amour, bonne nuit !

— Bonsoir, ma douce. Entend-elle, alors qu'elle se dirige vers le lit.

Elle se dévêt bien vite et s'enfonce dans les draps frais, nue, languissante. Elle ferme ses yeux, dans un bien-être exquis et rêve doucement, dans l'attente délicieuse de la chose tant désirée. Mais peu à peu, ses membres s'engourdissent, sa pensée s'assoupit, devient incertaine, flottante. La puissante fatigue enfin la terrasse. Elle s'endort.

Elle devine plus qu'elle n'entend la présence d'André dans sa chambre au milieu de la nuit. Isadora entrouvre ses yeux et sourit. André se jette dans ses bras, l'étreint passionnément et l'aime jusqu'au petit jour.

En retour, elle s'abandonne, lui donne toutes les assurances de tendresse et de désespoir qu'une femme peut donner à un homme quand elle ne sait pas un mot pour lui dire adieu.

Au petit matin, ils prennent le train pour Liverpool.

Ils sont au pied de la passerelle d'embarquement du *Mauretania*, prêt à appareiller pour New-York.

L'un et l'autre savent que le départ est sans retour, qu'il sera sans espoir de retrouvailles, c'est l'adieu éternel à leur amour.

Elle lui sourit, voudrait lui parler. Les seuls mots qu'elle voudrait lui dire, elle le dit avec les yeux. L'instant est fugitif. Elle s'élance, l'embrasse, au risque de briser cet instant fragile.

Il lui sourit. Elle le quitte tout en larmes.

Le cœur serré, André la voit disparaître dans les entrailles du paquebot.

La raison a repris ses droits.

*Crédit D.R*

# Épilogue

« J'étais si triste et fatigué que toute la traversée, je n'ai pas quitté ma cabine, sauf la nuit, quand tous les autres passagers étaient endormis.

Quand Augustin et Elizabeth me virent débarquer, ils s'inquiétèrent de me voir malade et dans cet état. [...] J'ai trouvé mon école installée dans une villa et je retrouvais avec plaisir « ma joyeuse bande de réfugiés de guerre. » [...]

J'ai loué un studio, au 311 Fourth Avenue, au coin de la 23e rue, et l'ai aménagé avec ses rideaux bleus, et commence à retravailler. [...] Malheureusement, la critique de la presse et du public considéraient ma danse comme une danse « classique », comme une relique du passé.

[...]

Sachant le sang qui était versé par les héroïques soldats en France, je fus indigné de l'apparente indifférence de l'Amérique à la guerre. Une nuit, après un spectacle au Metropolitan Opera House, je croisais mon châle rouge autour de ma poitrine et improvisais *La Marseillaise*. C'était un appel aux garçons d'Amérique à se lever et à protéger la plus haute civilisation de notre époque, cette culture qui s'est rependue dans le monde grâce à la France. Le lendemain matin, les journaux étaient enthousiastes. L'un d'eux a écrit :

« Miss Isadora Duncan a obtenu une ovation remarquable à la fin de son programme avec une interprétation passionnée de *La Marseillaise*, quand le public se leva et a applaudi pendant plusieurs minutes... Ses poses exaltées étaient imitatives des figures classiques sur l'Arc de Triomphe à Paris.

Ses épaules étaient nues, et aussi d'un côté, à la taille, dans une pose, elle ravit les spectateurs avec une représentation des belles figures de Rude sur le célèbre arc. Le public éclata en applaudissements et de bravo à la représentation vivante du noble art. »


**FIN**

*Isadora Duncan et Paris Singer,1914.*
*Photo d'Arnold Genthe*

# Index des personnages

**Isadora Duncan :** elle est née en 1877 en Californie. Fille au caractère indépendant, Isadora délaisse vite la rigueur de l'école et commence à donner des cours de danse afin d'aider sa mère divorcée à faire vivre la famille. Puis, elle s'essaie au théâtre à New York avant de partir tenter sa chance en Europe dès 1899 où elle connaîtra un succès colossal. En 1909, elle s'installe à Paris et commence à donner des cours de danse aux personnes qui, comme elle, renient les règles du ballet traditionnel afin de privilégier l'esthétisme et le naturel. Elle ouvre ensuite plusieurs écoles de danse en Allemagne, en France et en Russie. Plus le temps passe et plus Isadora est convaincue que l'anticonformisme est indispensable à la création, philosophie qu'elle distille à ses élèves. Elle ne voit pas d'un bon œil l'aspect commercial des représentations publiques qu'elle pense être néfaste à son art. Cette liberté qu'elle revendique dans la danse se retrouve totalement dans sa vie privée, revendiquant ouvertement sa bisexualité. Isadora prétendait se servir de la danse pour « révéler la beauté et la sainteté du corps humain par l'expression de ses mouvements ». Pour ce faire, elle n'hésite pas à danser pieds nus et légèrement vêtus, en intérieur comme en extérieur. Celle qui a bouleversé les codes de la danse périt en 1927, la nuque brisée par son foulard s'étant pris dans la roue de la voiture dans laquelle elle roulait.

*Crèdit D.R*

**Chenal Marthe :** surnommée la diva flamboyante, elle est née le 14 août 1881. Celle dont on disait qu'elle était la plus belle femme de France entra au conservatoire, puis connue rapidement un succès grandissant à l'Opéra Garnier et à l'Opéra-Comique dans des interprétations inoubliables des plus grands rôles lyriques. En 1914, elle s'engage comme infirmière et interprète pour la première fois *La Marseillaise* le 20 août 1914, lors d'un concert au profit des réservistes et des victimes de guerre, à Deauville. Elle enregistre l'hymne national pour Pathé en 1915. Se produisant à l'arrière, mais aussi sur le front, elle devient l'incarnation vivante de *La Marseillaise* et l'égérie des combattants. Le onze novembre 1918, sur la place de l'Opéra, à Paris, sa superbe voix entame *La Marseillaise* au milieu de la foule en liesse. L'armistice de la Première Guerre mondiale vient d'être signé et toute la France fait la fête. En quatre ans de guerre, la cantatrice est devenue, grâce à ses interprétations de l'hymne national, une star nationale et la « Diva des Poilus », celle dont on rêvait dans l'enfer des tranchées. Marthe Chenal meurt le 28 janvier 1947.

**Delarue-Mardrus Lucie :** née à Honfleur le 3 novembre 1874, Lucie est la dernière-née d'une famille de six enfants, élevée comme ses cinq sœurs selon une éducation bourgeoise nourrie d'apprentissage de la musique et de l'anglais. Elle épouse, le 5 juin 1900 à Paris, l'orientaliste Joseph Charles Mardrus et effectue avec lui de nombreux voyages en Afrique du Nord, en

Égypte, en Syrie, en Turquie, en Italie, et en tire des reportages photographiques et des récits. Outre Isadora Duncan, elle fut aussi l'amante de Natalie Barney, Romaine Brooks et Germaine de Castro. Pendant la Première Guerre mondiale, Lucie est infirmière à Honfleur à l'hôpital n° 13. Elle divorce vers 1915. Elle passera les trois dernières années de sa vie à Château-Gontier où elle se retira en 1942. Elle y meurt ruinée, de froid et de solitude, le 26 avril 1945 et fut inhumée au cimetière Sainte-Catherine d'Honfleur.

*Isadora Duncan et Mary Desti à Nice sur la dernière photographie prise d'Isadora Duncan, 1927. Crédit D.R*

**Desti Mary (1871-1931) :** excentrique, elle quitte l'Amérique pour poursuivre une carrière de chant à Paris en 1901 avec son fils de 3 ans Preston Sturges et en annulant son mariage avec le père de son fils. Mary Desti sera l'amie fidèle, la maîtresse et l'un des premiers biographes d'Isadora Duncan (*The untold story : the life of Isadora Duncan, 1921-1927*. New-York, Horace Liveright, 1929). Desti a fondé une société de cosmétiques appelée *Maison Desti*. La société a réalisé un foulard qui, pensait-elle, plairait à Isadora Duncan et lui en offrit un. Cette très longue écharpe fut à l'origine de la mort d'Isadora. Mary Desti est décédée de leucémie après avoir été gravement malade pendant deux mois.

**Duncan Augustin (1873 – 1954) :** acteur et réalisateur américain, il est le garçon aîné de quatre enfants de Joseph Charles Duncan, banquier, et de Mary Isadora Gray. Il a fait ses débuts sur scène avec Isadora en 1893 à San Francisco, et a tourné pendant sept ans avant d'apparaître à New York en 1900, puis de jouer à New York et à Londres. En 1919, il était membre de la Guilde du théâtre en tant qu'interprète et metteur en scène. À la fin des années 1920, sa vue commence à faiblir et au début des années 1930, Augustin est aveugle, mais continue néanmoins à jouer.

**Duncan Raymond (1874 - 1966) :** philosophe, artiste, poète, artisan, danseur et frère de la danseuse Isadora Duncan. À Paris, il rencontre le poète itinérant allemand Gustav Graser, prophète d'une vie libre et proche à la nature. Raymond devient son disciple et répand ses idées. Il créa l'*Akadémia*, située au 31 rue de Seine à Paris, basée sur l'idée d'académie platonicienne et se veut « un lieu ouvert à toutes les innovations en théâtre, littérature, musique et arts plastiques ». Duncan et son entourage y dispensent gratuitement des cours de danse, de beaux-arts et d'artisanat. L'*Akadémia* de Paris continua ses activités après la mort de Raymond Duncan, grâce à sa seconde épouse Aia, jusqu'à la fin des années 1970.

**Duse Eleonora (1858 – 1924) :** enfant de la balle, Eleonora Duse est autodidacte et développe très jeune un amour profond pour la littérature. Le répertoire de la troupe familiale itinérante comprend des adaptations de romans français et c'est dans le rôle de Cosette, dans *les Misérables* de Victor Hugo, qu'Eleonora débute, âgée seulement de quatre ans. Femme libre, la Duse fuit les liaisons intéressées : ses amants sont des artistes et des hommes de lettres, comme l'écrivain Arrigo Boito ou le poète et romancier Gabriele D'Annunzio, auquel elle reproche d'avoir raconté leur relation dans le roman *Il Fuoco* en 1900. On lui attribue également des liaisons avec la femme écrivain et féministe italienne Lina Poletti et la danseuse Isadora Duncan. Son talent et sa forte personnalité lui gagnent le succès international : aussi bonne comédienne que tragédienne, la Duse ne dédaigne pas les classiques, mais elle est particulièrement attirée par le théâtre contemporain français, Dumas fils et Sardou. Elle défie même Sarah Bernhardt sur son propre terrain, jouant avec succès *La Dame aux Camélias*. Eleonora Duse s'éteint en 1924, à Pittsburgh.

*Isadora et les Isadorables,* photo d'Ullstein, 1905.

**Isadorables (Les)** : les Isadorables étaient un groupe de six jeunes filles, Anna Denzler, Marie-Thérèse Kruger, Irma Erich-Grimme, Elizabeth Trayeur, Margot Jehl, et Erica Lohmann, qui ont dansé sous la direction d'Isadora Duncan. Leur surnom leur a été donné par le poète français Fernand Divoire en 1909. Elles ont toutes reçu plus tard le nom Duncan quand Isadora les a adoptés pour qu'elles obtiennent la nationalité Américaine. Les filles, pour la plupart allemandes, ont dansé entre 1905 et 1920. Plus tard, elles se sont séparées de leur mentor pour danser individuellement avec leur propre troupe.

*Lamy Marie, dite Isha. Collection particulière.*

**Lamy Marie, née Germain Marie, Charlotte, Jeanne** : théosophe et égyptologue, elle est née en 1885 à Condé-sur-Noireau, en Normandie. Elle se marie en 1906 avec l'armateur Georges Lamy. Après le décès de son époux en 1926, Marie prendra le pseudonyme d'Isha lors de sa venue à Paris dans le cercle théosophique et initiatique du Groupe des Veilleurs et épouse, en seconde noce, l'ingénieur chimiste et philosophe hermétiste René Adolphe Schwaller de Lubicz. Elle œuvra, dès 1920, avec un syndicat de *La Corporation des Artistes*, à la réintégration de tous les intellectuels, artistes et artisans rescapés de la Grande Guerre et démobilisés.

**Lohengrin, Singer Paris Eugène, dit** : descendant d'Isaac Singer, l'inventeur de la machine à coudre, il est né en 1867 à Paris et mort le 24 juin 1932 à Londres. Il remplaça Craig, le père de Deirdre, dans la vie d'Isadora. Le milliardaire américain lui a offert, en même temps que son cœur, une somptueuse villa sur la Côte d'Azur, à Beaulieu, et Bellevue, à Meudon, pour son école de danse. Elle lui donna un fils, Patrick, le 1 mai 1910.

**Zaco Parana João (Brzezany, 3 juillet de 1884 - Rio de Janeiro , 10 Juillet de 1961) :** né Jan Żak, est un sculpteur, dessinateur, peintre et professeur de polonais, naturalisé brésilien en 1923.

**Turin João Zanin (1878-1949) :** sculpteur Brésilien considéré comme le précurseur de la sculpture en Parana. Il se consacra aussi à la peinture. Turin a commencé ses études universitaires à l'École d'Arts et Métiers d'Antônio Mariano de Lima, à Curitiba. C'est à travers cette école que João Turin, avec Zaco Paraná, reçoit une bourse de l'État pour financer ses études à l'Académie royale des beaux-arts de Bruxelles où il se spécialise dans la sculpture, avec pour professeur Charles Van der Stappen, un important sculpteur belge. Il passa dix ans à Paris où il exposa plusieurs fois dans Salon des Artistes Français et obtenu, en 1912, mention honorable, avec *Exilio*. Un comité de Condéens et Marie Lamy sont venus à lui pour sculpter une pietà en relief destinée à l'église de Condé-sur-Noireau. Durant sa période parisienne, il rencontra, entre autres, Rodin, Modigliani, Claude Debussy et Isadora Duncan.

# La Pietà de l'église Saint-Martin
## de Condé-sur-Noireau

L'image de la madone est souvent accolée à celui d'Isadora Duncan. Lorsque son jeune amant garagiste a vu qu'Isadora était morte étranglée, il sortit de la voiture en hurlant : « J'ai tué la Madone, j'ai tué la Madone... »

*Pietà de l'église Saint-Martin de Condé-sur-Noireau. Photo de l'auteur.*

La Pietà de Saint-Martin de Condé est en marbre blanc et elle est dédiée à la mémoire des soldats morts pour la France en 1914-1918. Un mystère historique règne encore sur l'origine de cette œuvre livrée par Turin en 1917 et c'est la seule œuvre connue en France (et en Europe) de Joào Turin et l'unique représentation d'Isadora Duncan dans l'art religieux. La seule autre représentation française connue du public d'Isadora se trouve sur le bas-relief « la danse » situé sur la très belle façade du Théâtre des Champs-Élysées, où elle fait face à Vaslav Nijinsky autre danseur magistral de ce début de siècle. On doit la construction du Théâtre des Champs-Élysées à Auguste Perret, les bas-reliefs sont d'Antoine Bourdelle, grand ami d'Isadora. L'ensemble fut inauguré le 2 avril 1913.

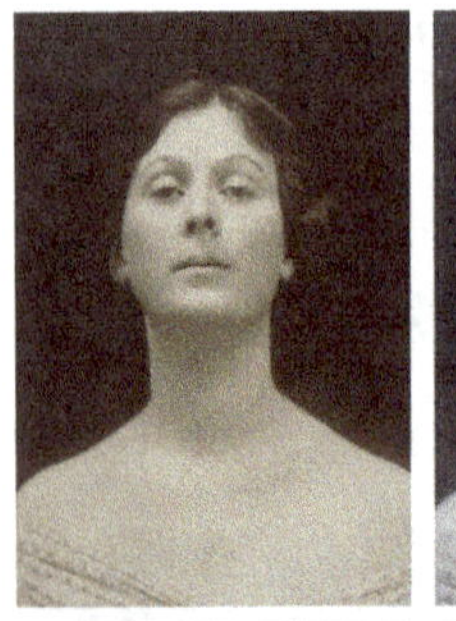
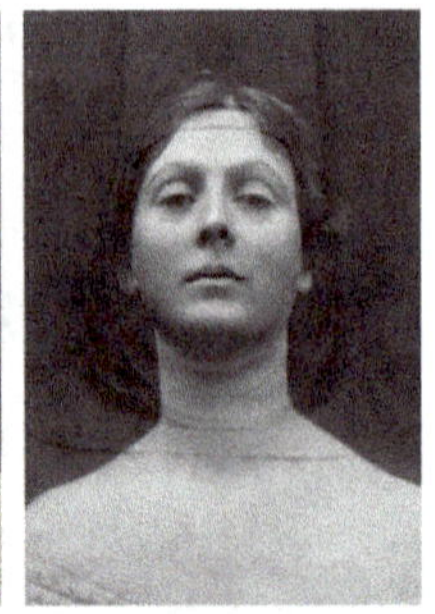

En 2014, le sculpteur de Curitiba, Elvo Bénito Damo, est venu spécialement du Brésil pour faire un moulage en silicone de la Pietà. Le moulage terminé, il prit la direction du Brésil afin d'être coulé en bronze. La réplique en bronze fut exposé à travers tout le Brésil avant de rejoindre la cathédrale de Curitiba, capitale de l'État du Paraná où est né Joào Turin.

C'est à l'époque du moulage que j'avais fait par à l'équipe que je trouvais la ressemblance de la vierge et d'Isadora Duncan singulière. Cette hypothèse semble dorénavant acquise pour l'ensemble des spécialistes de Turin au Brésil.

*La pietà de la cathèdrale de Curitiba, photo de Maringas Maciel.*

# Bibliographie de l'auteur

## CONTRIBUTIONS :

Collectif d'auteur, *Le livre des 9000 déportés de France à Mittelbau-Dora - Camp de concentration et d'extermination*, 2020, *Lemière Maurice*, pp 1370-1371.

Duyker Edward, *Dumont d'Urville : l'homme et la mer,* Éditions du Comité des Travaux Historiques et Scientifiques, 2021, p 539

Leroy Luc, *Lieutenant-général Joseph Leroy, un demi-siècle, un général, deux guerres*, Éditions MeMograMes, Arquennes, Belgique, 2017.

## ÉDITION CORLET :

*Cap Condé* - texte : Cyprien Philippe, iconographies et notes : Association Cap-Condé, décembre 2014.

*L'incendiaire de Saint-Pierre*, 2021.

## AUTO-ÉDITION :

*Dans les pas de Louis-Napolèon Bonaparte – 1850, 2022.*

www.ingramcontent.com/pod-product-compliance
Lightning Source LLC
Chambersburg PA
CBHW051447150726
48000CB00005B/2287